AM KATZENTISCH

AF140566

für Clärchen

Eva Seifried, 1955 in Freiburg i. Br. geboren,
hat in Frankfurt am Main Gesellschafts-
wissenschaften studiert und arbeitet seit 1990 als
Buchherstellerin in einem Frankfurter Verlag.

Eva Seifried

Am Katzentisch

Erzählungen

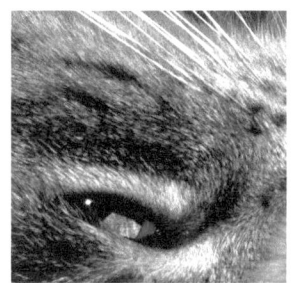

Bibliografische Information der Deutschen Nationalbibliothek:
Die Deutsche Nationalbibliothek verzeichnet diese Publikation in der
Deutschen Nationalbibliografie; detaillierte bibliografische Daten
sind im Internet über http://dnb.dnb.de abrufbar.

© 2015 Eva Seifried
Herstellung und Verlag:
BoD – Books on Demand, Norderstedt
ISBN 978-3-7386-7575-7

Inhalt

Der Coach

Keine Ahnung, wie ich am Ende hier gelandet war. Hinter ausgerechnet diesen lausigen Gittern! Jung und blauäugig genug, um meiner Abenteuerlust bedenkenlos nachzugeben, hatte ich allmählich jede Orientierung verloren und war von einer verfluchten Teufelsküche in die nächste geraten. Eine Flucht waghalsiger als die andere – bis es eines Tages offenbar nicht mehr gereicht hatte. Hier setzte mein Erinnerungsvermögen aus. Ich sehe mich noch in eine Sackgasse rasen, verbeulte Mülltonnen am Rand wahrnehmend, alte Autoreifen im Stapel, Unrat in jeder Ecke, ein paar lärmende Gassenkinder dazwischen, die Verfolger dicht hinter mir – und danach wußte ich nur noch, dass in meinem Kopf etwas explodierte. Ich musste mich verzweifelt zur Wehr gesetzt haben, sonst wäre ich nicht am nächsten Morgen auf dem fleckigen Zellenboden in völlig zerschlagenem Zustand aufgewacht.

Und da saß ich nun, umgeben von Zellengenossen, die mich mitleidlos anstarrten, einige mit den fahrigen Gesten von Halbverrückten, andere wieder völlig apathisch an der Wand hockend. Ich vernahm das Rasseln schwerer Schlüsselbünde, und mit einem nervtötenden Schleifgeräusch näherte sich allmählich der Rollwagen voller Frühstücksschüsseln, die der Wärter träge eine nach der anderen in die Zellen schob. Dem Rasseln, Schleifen und dem wiederholtem Quietschen rostiger Türangeln nach zu urteilen, war unsere Zelle die letzte im Gang.

Für die graue Pampe in den Schüsseln hatte niemand viel übrig, zumal es im gesamten Zellentrakt so erbärmlich stank, dass selbst die widerlichen Toiletten keiner besonderen Erwähnung mehr bedurften. Die meisten schlangen das Zeug dennoch herunter, denn es war immerhin eine Abwechslung im ereignislosen Tagesablauf. Und die meisten hatten auch immer noch so etwas wie ihren Lebenswillen – als Frage, als eine einzige Frage: Wie komme ich hier raus? Dafür musste man bei Kräften bleiben, also musste man essen, egal ob es einem schmeckte oder nicht.

Wir saßen wie die Schwerverbrecher im schummrigen Licht einer fliegenverkrusteten Deckenleuchte und dachten an Flucht. Immer wieder an Flucht. Unzählige Fluchtfantasien sorgten endlos für Gesprächsstoff. Zuerst hörte ich zu und erwog ernsthaft jeden noch so absurden Vorschlag, bis ich merkte, dass unser Dauerthema nichts als ein Hirngespinst war und bleiben würde. Es diente der Unterhaltung, es war eine Art geistiges Training, und – um die Wahrheit zu sagen – es hinderte mich daran, eine triste Tatsache zur Kenntnis nehmen zu müssen: Der einzige Weg nach draußen führte durch die vergitterte Tür, und dieser Weg wurde vom Wärter mit seinem rasselnden Schlüsselbund bewacht. Ab und zu schubste er durch die Gittertür einen Neuen hinein, und gelegentlich, wenn auch äußerst selten, holte er einen der Alten wieder heraus.

Flucht konnte ich mir aus dem Kopf schlagen. Ich rollte mich stumm in einer Ecke zusammen und war tagelang nicht mehr ansprechbar. Irgendwann setzte sich der alte Balu neben mich. Er blieb einfach neben mir sitzen. Und irgendwann flackerte ein Funken meiner schon fast erloschenen Neugier wieder auf.

Ich drehte mich zu ihm herum. Er war grauhaarig und groß, fast schon unheimlich, aber vom Alter bereits ganz krumm. Ein Ohr schief, das andere zerschlitzt wie Gulasch. Überall Narben. Das rechte Auge fehlte und mit dem linken schaute mich der dienstälteste Insasse meiner schäbigen Zelle eine Weile wach und forschend an.

»Wurde aber auch langsam Zeit, mein Junge. Oder wie lange willst du noch die Wand anstarren? Gibt nicht viel her, so eine graue Wand, auch wenn sie gegenüber zur Abwechslung mal weiß gestrichen ist. Nee, Wände anstarren bringt's nicht, glaub' mir«. Balu fuhr sich mit seinen riesigen Pfoten über das Gesicht.

»Was willst du von mir«, fuhr ich ihn an und er

lachte. »Nichts, nur plaudern. Komm, lass uns plaudern, nicht diesen Schwachsinn über Flucht. Erzähl' mir, woher du kommst und wie du hierher geraten bist«.

Als Balu alles von mir wusste, auch die weniger schmeichelhaften Dinge wie mein mangelndes Geschick im alltäglichen Überlebenskampf, meine lächerlichen Versuche, alleine klar kommen zu wollen, die richtigen Entscheidungen zu treffen, das Schicksal zu meinen Gunsten zu lenken, strich er sich lange über das Gesicht. »Junge, du bist nicht der Erste, der so was durchmacht. Mit der Zeit lernt es jeder, der nicht auf den Kopf gefallen ist. Aber dein Pech ist, dass du dich zu früh hast schnappen lassen.«

Einen Moment lang dachte ich, wieso schnappen lassen, was kann ich denn dafür, dass da plötzlich Endstation gewesen war, aber dann dämmerte mir etwas: Ich hatte mich schnappen lassen! Wäre ich doch bloß nicht so verdammt unerfahren gewesen. Das hatte mir meine Abenteuerlust am Ende eingebrockt. Ich schniefte beschämt vor mich hin. Balu widmete sich einer gründlichen Untersuchung seiner Zehen. Schließlich bat ich ihn zerknirscht um einen ganz großen Gefallen: »Balu, bing's mir bei!«

»Das kann ich nicht! Sieh dich doch mal um, Junge. Wo ist hier die Straße, wo das Jagdgebiet? Welche Art Übung soll hier stattfinden können? Nein, streng' deinen Grips an und sage mir dann – unter Berücksichtigung der gegebenen Umstände – ganz genau, was du willst. Darüber können wir reden.«

Balu überließ mich meinen Gedanken, strich durch die Zelle, unterhielt sich mal mit diesem, mal mit jenem, gähnte ausgiebig, hielt Mittagsschlaf, stopfte sich das Abendbrot rein und schlief ungerührt weiter.

Am nächsten Morgen suchte ich ihn auf. »Ich habe nachgedacht, du hast recht. Hier drinnen kann ich nicht das lernen, was ich draußen brauche. Folglich macht nur eine einzige Frage Sinn«. Ich zögerte: »Wie schaffe ich es hier raus?«

»Na endlich, mein Junge. Dachte schon, du kommst nie drauf. Aber du bist ein schlauer Bursche. Und das mit deiner Abenteuerlust geht auch in Ordnung, schau dir doch nur einmal die an, denen sie fehlt. Traurige Gestalten. Tja, wie kommst du hier raus. Irgendeine Idee, die du garantiert noch nicht vernommen hast?«

»Äh, nein. Alles verriegelt, Fenster, Lüftung, Tür. Die Wände und der Boden sind zu hart zum Graben. Die Wärter passen auch draußen auf, falls es wider Erwarten gelingen sollte, durch diese Tür«, ich deutete auf das magische Gitter, »hinaus zu schlüpfen. Tja, wenn die Wärter uns nicht hindern würden …«

Balu nickte. »Richtig, wenn sie genau das nicht täten! Eines solltest du wissen. Hier in der letzten Zelle des Traktes sitzen die, die keiner mehr haben will. Wir sind die Aussortierten, das Allerletzte. Jeder hat ein, zwei oder mehr Probleme. Alter, Krankheit, flatternde Nerven. Oder«, er grinste, »sie sind so hässlich wie ich. Nicht deine Sackgasse mit den Mülltonnen, sondern das hier ist die Endstation. Zumindest für die meisten von uns. Fast alle waren schon mehrfach draußen gewesen, haben sich dort irgendwie über Wasser gehalten, ihre Fehler gemacht und daraus gelernt. Manche hatten bessere Tage erlebt, einigen war es wahrhaftig noch weitaus schlechter ergangen als hinter Gittern, und das will etwas heißen. Du hast Glück gehabt, dass es gar nicht erst so weit mit dir gekommen ist.« Das Einauge kreiste durch die Zelle. »Es gibt welche unter uns, die sind durchaus dankbar für die zwar miese, aber zuverlässige Verpflegung hier drinnen. Für den Schutz, für die hier gebotene medizinische Versorgung, für das Ausatmen dürfen.«

Das klang niederschmetternd. Ich hatte Angst vor der Antwort auf die Frage, die mir auf der Zunge lag: »Warum bin ich denn ausgerechnet in dieser allerletzten Zelle«?

Balu wog den schweren Kopf hin und her. »Nun, mein Junge, schau dich doch mal an. Du bist zwar noch jung, und alles ist noch dran, aber schön bist du nicht. Viel zu mager. Die Rippen kann man ja zählen. Immerhin, das Blut ist getrocknet und das Fell heilt schon wieder zusammen. Was aber den eigentlichen Grund für deine Einweisung in die Zelle am Ende des Traktes anbetrifft – es ist dein Benehmen! Du bist nicht gut drauf, wenn du weißt, was ich meine.«

Ich wusste es nicht. Was war mit meinem Benehmen nicht in Ordnung? Ich grüßte jeden einigermaßen freundlich, der mich nicht gerade anmachte, gab Auskunft, wenn ich gefragt wurde, sprach mit allen, die auch mit mir sprachen, gab mir Mühe, mich sauber zu halten, ertrug auch einige anmaßende Bemerkungen, bevor ich es mir anders überlegte, und – na klar – ich schlug mich mit jedem, der unverschämt wurde. Das fand ich allerdings wirklich okay.

Mit einem »Denk mal drüber nach«, ließ mich Balu alleine. Ich warf mich in meine Ecke und grübelte. Worum ging es? Es ging nicht um das Leben draußen, wo ausgeteilt und eingesteckt wurde, bis die Verhältnisse wieder gerade gerückt waren. Balus Hinweis musste etwas mit dem Leben hier drinnen zu tun haben. Ich begann meine Zellengenossen genauer zu beobachten und stellte zwei unterschiedliche Verhaltensweisen fest. Es gab die Zuvorkommenden und es gab die Zurückhaltenden. Ich selbst zählte mich zur zweiten Kategorie. Wer auch immer auf mich zukam – ich trat grundsätzlich mehrere Schritt zurück, legte Wert auf Distanz. Kam jemand trotzdem näher als üblicherweise vorgesehen, stellten sich mir jedes Mal die Nackenhaare auf und ich signalisierte völlig unmissverständlich mit allem, was mir zur Verfügung stand: »Bleib mir vom Leib.« Oder:

»Noch einen Schritt weiter, und du bist Hackfleisch.« Meiner Meinung nach war das die einzig sinnvolle Reaktion, um draußen irgendwie am Leben zu bleiben.

In den letzten Wochen waren gerade mal drei aus der Zelle geholt worden. Es waren drei Zuvorkommende gewesen. Ich erkundigte mich nach früheren Fällen und erfuhr, dass die Entlassenen fast immer der ersten Kategorie angehört hatten. Ich teilte Balu meine Beobachtung mit. Er schaute mich prüfend an. »Aber hallo, du bist ja ein ganz Aufgeweckter, mein Junge. Beantworte mir bitte folgende Frage: Was geschieht deiner Meinung nach mit den Entlassenen?«

Na was wohl. Meiner Meinung nach kamen sie nach draußen. Also dahin, wo sie hergekommen waren. Etwas anderes konnte ich mir beim besten Willen nicht vorstellen. Balu begann mir zu erklären, dass es mehr als nur ein Draußen gab. »Die Entlassenen bekommen einen Job. Der zukünftige Arbeitgeber sucht sie sich hier aus. Sind dir noch nie die Besucher aufgefallen? Die kommen natürlich nur selten bis zu unserer allerletzten Zelle am Ende des Ganges, weil sie weiter vorne längst fündig geworden sind. Sie schnappen sich fast immer die Hübschen, die jung, gesund und zuvorkommend sind. Der Job ist nicht weiter schwierig, setzt aber voraus, dass du dich strikt an die Vereinbarungen hältst. Jemand, der dich aussucht, erwartet von dir unbedingte Loyalität. Das heißt, du gehörst an den Platz, der dir bestimmt wird, und du darfst ihn nicht so, wie du es bislang gewohnt warst, bei der erstbesten Gelegenheit auf Nimmerwiedersehen verlassen. Im Gegenzug gibt es regelmäßig etwas zu essen und eine dauerhafte Unterkunft, die dir niemand streitig macht. Und wenn du Glück hast, dann ist das ein zufriedenstellendes Arrangement für beide Seiten. Du musst diese Leute aber umschmeicheln, ja, du musst ihnen buchstäblich aus der Hand fressen und sie davon überzeugen, dass du großes Vertrauen zu ihnen hast. Du musst ihre Nähe ertragen können und ihnen deutlich zeigen, dass es dir recht ist. Nur so kommst du hier raus, und zwar für immer.«

Balu dachte einen Moment lang nach. »Ich weiß, wovon ich rede. Ich habe mich darauf eingelassen als ich so ein Junger war wie du, frisch von der Straße weg. Anfangs ging es mir sehr gegen den Strich. Aber mit der Zeit habe ich es gelernt und vor allem kapiert, welche Vorteile das mit sich bringt. Mit der Zeit konnte ich mir auch gewisse Freiheiten erlauben. Abends mal ein paar Stunden verschwinden für ein kleines Treffen mit den alten Kumpels ging durch. Hauptsache, ich tauchte pünktlich zu den Mahlzeiten wieder auf. Dummerweise verstarb meine Arbeitgeberin vor mir, und ich wurde wieder eingelocht. Mittlerweile bin ich zu alt, um bei den Besuchern noch Sympathien erwecken zu können.« Balu sperrte den Rachen auf und zeigt seine Zahnlücken.

Er erteilte mir Unterricht im guten Benehmen. Wir übten anfangs mit dem Wärter, der erfreut schien, dass sich einer seiner Insassen neuerdings derart zu entwickeln begann. Er macht die Besucher auf meine Person aufmerksam und sie kamen tatsächlich bis vor unsere Zelle geschlendert. Jedes Mal dieses verdammte Zittern, ob ich den kritischen Blicken würde standhalten können. Balu verriet mir ein paar Kniffe, wie das Haar zum Glänzen gebracht und die Backen durch Aufblasen runder modelliert werden konnten, wie man einen sowohl coolen und zugleich interessierten Ausdruck annahm, und wie man einen unwiderstehlichen Blick in Richtung Besucher warf. Ich lernte das Gegenteil von Zurückweichen, das der bisherigen Vorsicht entsprach, die ich im gefährlichen Draußen an den Tag zu legen gewohnt war.

Obwohl es mich unermesslich viel Überwindung kostete, gelang es mir mit der Zeit sitzen zu bleiben, wenn die Besucher eintrafen. Später lernte ich sogar, auf sie zuzugehen. Den heftigen Widerwillen dabei schluckte ich mit größter Anstrengung hinunter. Unermüdlich probte ich meine Rolle, und eines Tages hatte ich damit Erfolg. Es ging alles sehr schnell. Mir blieb noch nicht einmal Zeit, mich von Balu zu verabschieden. Sein Auge glühte im Dämmerlicht der Zelle, aus der ich rascher entfernt wurde, als mir lieb war.

Unsere Diät

Margarita und ich standen vor dem Spiegel. Wir waren zu dick, und zwar alle beide. Margarita war soeben ein überaus vernichtendes Urteil zuteil geworden, als der grantige Hausarzt ihr erklärt hatte, sie dürfe sich ab sofort entscheiden, ob sie schon mal für die Beerdigung sparen oder lieber eine Diät machen wolle. Bereits ein halbes Jahr zuvor war mir die gleiche Diagnose gestellt worden durch meinen – übrigens sehr liebenswürdigen – Arzt, der aber in ähnlich trockenen Worten eine grässliche Prognose über meinen Gesundheitszustand gewagt hatte.

Margarita drehte sich um und betrachtete über die Schulter ihre üppige Kehrseite, ein Prachtstück von Hintern, ausladend und drall wie ein Kürbis, der den ersten Preis beim Erntedankfest abräumt. Margaritas runde Oberarme steckten fest in der Bluse, die sich über den großzügig bemessenen Büstenhalter spannte, der ihren kräftigen Rücken umschloss, und – sie drehte sich wieder noch vorne – ihre zwei imposanten Ballons zu bändigen versuchte. Dabei hatte Margarita sogar noch Figur – ihre Silhouette glich einer klassischen Sanduhr.

Was man von mir nicht gerade behaupten konnte. Ich war rund wie eine Wurst mit zwei unerheblichen Endstücken.

»Diät!« Margarita schnaubte. »Ich, die Köchin und Diät! Wenn man sagen würde, flieg' zum Mond, wäre das entschieden leichter!« Ihre hübschen Kulleraugen rollten vor Zorn und Verzweiflung. »Wenn der wüsste, wie oft ich schon eine Diääät gemacht habe« – sie streckte sich selbst im Spiegel die Zunge heraus – »und wie ich das hasse! Ich ertrage keine weitere Diät mehr, ich bin durch die unzähligen Diäten meines Lebens leider diätresistent geworden. So, verehrte Ärzteschaft«, schrie sie, »das ist nämlich Stand der Dinge! Nehmt sie endlich zur Kenntnis!«

»Und du?« Margarita wirbelte ihren Lockenkopf wie ein gereizter Stier voller Wut in meine Richtung. »Was sagst du dazu, na? Hättest wenigstens schon mal anfangen können, wenigstens du hättest schon mal abnehmen, hättest mir ein gutes Beispiel sein können, aber nein, alles geht seinen Gang wie immer. Und jetzt stehe ich da und muss von heute auf morgen mit Diät anfangen.« Endlich heulte Margarita ihren gewaltigen Kummer heraus, warf sich temperamentvoll auf das Sofa und stand den ganzen Tag nicht mehr auf.

Weil mir nichts anderes zu tun übrig blieb, warf ich mich auf den Sessel gegenüber und wartete ab. Margarita setzte sich erst abends wieder auf. Sie hatte einen

Entschluss gefasst. Sie würde keine Diät machen, keine von diesen vielen Atkins- oder Trennkost-, Eiweiß- oder Nur-Obst-Diäten. »Nichts davon«, dozierte sie, »es kommt nur eines infrage: FDH. In meinem Fall heißt das ab sofort sogar FDV.« Sie schaute mich tückisch an. »Für die Ungebildeten im Sessel gegenüber: Das heißt, friss nicht die Hälfte, sondern bloß ein Viertel. Und du«, sie drohte mir mit dem Finger, »du machst mit, verstanden?«

Ich ergab mich in mein Schicksal. Was ist ein Viertel von einem Ganzen? Im Prinzip gibt es eine sehr einfache Antwort auf diese überlebenswichtige Frage. Vorausgesetzt das Ganze besteht aus einer festen Größe. Was Margarita und ich aber nicht ahnten, war die neue Mengenlehre, mit der wir uns in den nächsten Wochen abzuplagen begannen. Gehe von einer unbestimmten Größe aus, teile sie in zwei Hälften, dann jede Hälfte noch mal in je eine Hälfte. Du erhältst eine bestimmte Menge X, die es einzukaufen und zuzubereiten gilt. Mathematisch betrachtet ist das überhaupt kein Problem, denn man teilt korrekt ein Viertel von einer Unbekannten ab und erhält ein unbekanntes Viertel. Da ist nichts weiter dabei. Margarita aber stand in den Läden, auf dem Markt, vor dem Kühlregal im Supermarkt, in der Bäckerei, beim Metzger und rechnete nach einer eigenwilligen Formel die jeweilige Menge aus, die für das X stand. Sie kam zu schwankenden Ergebnissen, die so manche Verkäuferin zum Schwitzen brachte. Ein Achtel Hörnchen. Einen Schnitz Melone. Einen Hauch Mortadella, aber nicht zu viel, keineswegs jedoch weniger. Margarita war eine kapriziöse Köchin, und sie hielt gar nichts von einer Vorratshaltung, die dem von ihr stets angestrebten Frischezustand völlig entgegengesetzt zu sein schien, begann aber angesichts der unteilbaren Kleinstmengen sich mit dem Gedanken daran anzufreunden.

»Und für dich auch. Größtmögliche Einkaufsmengen, kleinstmögliche Zuteilungen«, sie lachte spöttisch. »Mal sehen, wie dir das bekommt. Du machst es mir vor, klar soweit? Und ich …«, Margarita leckte sich die Lippen, »ich teile zu, klar soweit?«

Ich ahnte worauf das hinauslief. Margarita nahm willkürliche Festlegungen ihrer Portionen vor, belohnte sich nach einer extrem anstrengenden Kleinstmengenhauptmahlzeit mit einer unendlich großzügig bemessenen Nachtischmenge, die für einen einigermaßen fairen Ausgleich um das tanzende X herum stand. Kurz: Sie schaffte es keinen einzigen Tag, auf ein halbwegs akzeptables Viertel ihres gewohnten Lebensmittelkonsums zu kommen. Ich hingegen stand unter Margaritas Aufsicht und bekam akkurat abgezählte Brocken zugeworfen, die meiner Meinung nach mindestens haargenau dem Viertel des sonst Üblichen entsprachen, wenn nicht gar weniger.

Die Folgen blieben nicht aus. Ich nahm ab, wenn auch unter Protest. Margarita blieb, wie sie war. Das Dünnerwerden dauerte lange, und es war die reinste Folter. Nur ein Viertel zu sich nehmen ist fast so, als würde man einer radikalen Null-Diät unterzogen, wobei auch noch der eindeutige Vorteil der Null, nämlich die konsequente Stilllegung des Magen-Darm-Traktes, der dann irgendwann auch einmal Ruhe gibt, durch den Nachteil des ständigen Ich-bin-am-Verhungern-Viertels zwangsweise ersetzt wird. Da es sich offenkundig nicht um ihren Magen-Darm-Trakt handelte, war Margarita unerbittlich. »Ein Viertel ist ein Viertel ist ein Viertel, lala«, trällerte sie in der Küche, kam strahlend mit einer riesigen Schüssel heraus, um sie mir in fast leerem Zustand vorzusetzen: »Bon appétit, mein Schatz, lass es dir schmecken, meine kleine Speckrolle.« So war sie. Umwerfend komisch.

Ich hatte nicht mit Margaritas Durchhaltevermögen gerechnet. Eisern verabreichte sie mir ihre Viertel-Diät, bis sogar eines Tages beim obligatorischen Impftermin mein übrigens sehr liebenswürdiger Arzt meinte, sie könne es jetzt gut sein lassen. Oder ob sie mich denn ins Grab bringen wolle? Ich sah fantastisch aus. Schlank, in Form, um zehn Jahre verjüngt, ich spürte meine Muskeln wieder, turnte durch die Wohnung und war überaus übermütig, nahezu tollwütig geworden. Denn ich wollte endlich wieder einmal etwas oberhalb der

Minimaldosis für Hungerleider zwischen die Zähne bekommen.

Dann trat ein Ereignis ein, mit dem weder Margarita noch ich gerechnet hatten. Mein äußerst liebenswürdiger – wenngleich ziemlich schüchterner – Arzt hatte schon länger ein Auge auf Margarita geworfen, und die unübersehbare Veränderung, die mit seinem Patienten vor sich ging, bot ihm endlich den gesuchten Anlass, um mit ihr ins vertiefte Gespräch zu kommen. Ihm gefielen Margaritas Kurven, ihre Kulleraugen, die wilden Locken und ihre Unbekümmertheit über alle Maßen. Und meine sich dramatisch entwickelnde Magerkeit war für ihn die wunderbarste Begründung, mich und damit natürlich auch Margarita häufig in seine Praxis zu bestellen. Mein Arzt tat sehr besorgt, begutachtete meinen angeblich kläglichen Zustand, horchte lange die Lungen ab, verschrieb mir Vitamine, unterhielt sich mit Margarita über Kochrezepte für Genesende, und eines Tages waren sie für den Abend verabredet.

Margarita sah im kleinen Schwarzen toll aus. Sie hatte Stil, sie hatte Kurven, sie hatte Figur. Alles an ihr war üppig, nun ja, das eine oder andere auch zu üppig, aber das könnte man ja mit einer Viertel-Diät hinkriegen, dachte der Doktor still für sich und sagte: »Bleib so wie du bist, Margarita.« Ab sofort gehörte meine FDV der Vergangenheit an.

Emil

Anfangs hatte ich bei Mama gewohnt, dann bei Emil, als Mama gestorben war. Mamas Tod hatte Emil sehr mitgenommen, er war schließlich ihr Sohn, während ich nur der kleine Untermieter blieb.

Emil und Mama hatten sich gut verstanden, solange sie bestimmte, wo es lang ging. Widerspruch tat sie grundsätzlich als Scherz ab. Manchmal gab sie dann sogar nach.

»Ich will aber mal Nudeln dazu.«

»Rouladen gibt's nur mit Kartoffelbrei. Und Schluss.«

»Nudeln sind schneller gemacht – und schöner.«

»Schöner. Kann man die etwa um Rouladen herum wickeln? Will ich sehen. Sollst du haben.«

Emil verlor dieses Spiel immer. Mamas »Schluss« machte allem ein Ende. Und wenn sie einmal nachgab, dann nur auf Emils Kosten. Sobald er sich wie ein Idiot fühlte, war sie zufrieden.

Früh morgens stand Emil auf, wusch sich tapfer mit kaltem Wasser (Mama glaubte an die konstante Heilwirkung von kaltem Wasser bei großen Jungs), zog seine Uniform an, bekam von Mama einen Kaffee (ohne Milch, das hätten erwachsene Männer nicht nötig), klemmte seine Aktentasche unter den Arm, ließ sich jedes Mal von Mama fragen, ob er auch den Schlüssel eingesteckt hätte, küsste Mama auf die Wange (wobei er sich ein bisschen bücken musste und sein dicker Bauch den untersten Knopf an der Uniformjacke fast absprengte) und ging stets um Punkt halb sieben Uhr aus dem Haus.

Emil war Pförtner. Den kurzen Arbeitsweg bis zum großen Torbogen mit dem kleinen Pförtnerhäuschen legte er zu Fuß zurück. Ab Viertel vor sieben Uhr morgens bis Viertel nach sechs Uhr abends war er der Herr, der über das Kommen und Gehen am großen Torbogen wachte. In seiner Aktentasche hatte Mama Butterbrote verstaut, eine verbeulte Thermoskanne mit Kaffee dazugelegt und ein kleines Geheimnis (Emil durfte aber nicht gucken). Mal einen Apfel, mal eine Praline, oft ein Stück Kuchen vom Kaffeekränzchen ihrer Freundinnen.

Mama wurde von ihren Freundinnen sehr beneidet. Was für einen lieben Jungen sie doch habe. Er trinke nicht, liefere das Geld zuhause ab, gehe einer geregelten Arbeit nach und sei in allem so bescheiden, wie man sich das als alte Mutter nur wünschen könne. Mama nickte dann stolz und hörte sich die entsetzlichen Geschichten von anderen Söhnen an (und von Töchtern, aber das interessierte Mama nicht), die allesamt ihre

Mütter vernachlässigten und den Frauen hinterherliefen, welche ihnen skrupellos das Geld aus der Tasche zögen.

Gelegentlich kam Mama auf die Idee, ihren Sohn am großen Torbogen zu besuchen. Er sollte es aber nicht merken (sie wollte nur wissen, ob er seine Arbeit auch gut machte). Also stellte sie sich hinter die Hecken und sah ihm zu. Den Autofahrern musste Emil den Schlagbaum aufhalten, nachdem sie sich bei ihm ausgewiesen hatten. Wer sich ausweisen musste, war definitiv fremd oder neu und wurde von Emil gründlich überprüft. Autokennzeichen, Name. Manchmal musste er zum Telefonhörer greifen und sich nach der Rechtmäßigkeit des Einlasses erkundigen. Die ihm bekannten Direktoren und Werksleiter aber winkte Emil wissenden Blickes durch. Man dankte es ihm mit Zeige- und Mittelfinger, die sich kurz grüßend an die Stirn hoben. Es sah aus, als würden sie ihm den Vogel zeigen (aber nur, wenn von der Seite betrachtet die zwei Finger wie ein einziger erschienen). Mittags wurde Emil von einem der Gabelstaplerfahrer aus dem Lager für anderthalb Stunden abgelöst, damit er nach hause konnte. Mama nahm das sehr ernst. Sie kochte für Emil (und nebenbei auch für mich) täglich abwechslungsreiche und nahrhafte Kost. Seine kurze Mittagsruhe (nur zehn Minuten die Augen zumachen) störte sie immer ein klein wenig zu spät, so dass er überhastet aufbrechen und den Weg zum großen Torbogen fast rennen musste. Dann saß Emil verschwitzt in seinem Pförtnerhäuschen und spürte eine große Wut auf irgendetwas, das er nie zu Gesicht bekam.

Anfangs wusste ich das alles nicht. Emil kam und ging, Mama kaufte ein und kochte. Ich blieb, wo ich war und wurde meistens verwöhnt. Im Unterschied zu Mama sprach Emil mit mir. Als Mama noch lebte, waren es oft nur ein paar Begrüßungs- oder Abschiedsworte, was sie mit hochgezogener Augenbraue quittierte. Nach Mamas Tod kannte Emils Mitteilungsbedürfnis keine Grenzen mehr. Dann durfte ich mich auch zum Essen auf den Stuhl neben ihn setzen (Mama hätte das nie geduldet), und Emil erzählte mir solche Dinge wie: Er habe es immer gemerkt, wenn Mama an den großen Torbogen angeschlichen kam. Aber er habe auch immer so getan, als hätte er es nicht gemerkt.

Nach der größten Veränderung seines Lebens (Mamas Ableben) erholte sich Emil ein wenig von Mama. Morgens packte er selbst seine Aktentasche zurecht, in den Kaffee kam Milch und das kleine Geheimnis war ihm von Anfang an bekannt, so dass er sich den ganzen Vormittag darauf freuen konnte. Mittags kochte er sich ein nur wenig abwechslungsreiches, dafür aber um so nahrhafteres Essen wie Leberkäse mit Spiegelei oder Leberkäse mit Spinat (aus der Tiefkühltruhe), was schnell genug ging, um noch ein kurzes Nickerchen zu absolvieren. Hier komme ich ins Spiel. Mein Job war es, ihn rechtzeitig aufzuwecken. Das hat auf Anhieb gut geklappt. Ausgeruht trat Emil seinen Nachmittagsdienst an. Und auf dem Weg zum großen Torbogen konnte er es sich sogar leisten, für eine Minute stehen zu bleiben und seinen Gedanken nachzuhängen (was er zu genießen schien).

Weil Mama immer eingekauft hatte und Emil das nun selbst machen musste, lernte er ein bisschen die Welt kennen. Die Preise im Supermarkt zum Beispiel. Emil konnte gut rechnen, zumindest im Kopf. Bevor es an der Kasse offiziell wurde, hatte er die Summe bereits ausgerechnet und das abgezählte Geld in der Hand (das machte Emil großen Spaß). Er fing auch an, sich seine Einkünfte und Ersparnisse anzusehen. Emil hatte sein Auskommen, und er konnte sich sogar etwas auf die Seite legen (das freute ihn). Emil kam vergnügt zu dem Schluss, dass er sich etwas gönnen dürfte.

Und so begann er, an den Freitagabenden auszugehen. Er machte sich fein, zog ein frisches Hemd an, putzte die Schuhe, steckte Geld ein (nicht zu viel, nicht zu wenig) und machte sich auf den Weg zur Eckkneipe, wo er ein paar Arbeitskollegen traf. Sie tranken Bier, spielten Karten (manchmal bis zur Sperrstunde) und taumelten später betrunken nach hause. Mit der Zeit fand Emil das Kartenspielen langweilig. Er hielt Ausschau nach anderen Gästen und versuchte mit ihnen ins Gespräch zu kommen. Das gelang am besten mit denen, die sich nur an die Theke hockten und nicht an einem der Tische Platz nahmen. Emil lernte zwei Monteure kennen. Sie waren auf der Durchreise, die Stadt war ihnen fremd. Sie seien immer schon zusammen unterwegs gewesen, schon als Jungen. Emil spendierte ihnen einen Kurzen, und dann noch einen (und noch einen). Sie spendierten ihm nichts. Emil bot an, sie auf den historischen Rathausplatz zu führen (unsere Sehenswürdigkeit schlechthin). Die beiden schauten schweigend umher, rauchten ihre Zigaretten, nickten, klopften Emil auf die Schulter und meinten, jetzt noch 'ne Runde bei Emil, das wäre großartig.

Emil kannte sich nicht aus mit der Bewirtung von Gästen. Am Bahnhofskiosk kaufte er eine Flasche Schnaps (welchen, war ihm völlig gleichgültig). Dann tauchten sie bei mir auf. Ich hatte mich eigentlich auf einen ruhigen Abend mit Emil gefreut, aber daraus wurde dann nichts. Die drei saßen in der Küche und kippten den Hochprozentigen weg wie Wasser. Das heißt, eigentlich kippte nur noch Emil, die beiden saßen daneben, erzählten schlüpfrige Witze und rauchten unentwegt. Sie waren unterhaltsam (musste Emil zugeben); das war etwas, was Emil sehr vermisste. Abgesehen von den Witzen (die Emil missfielen), erzählten sie kleine Schwänke aus ihrem Leben als Monteure auf den großen Baustellen im ganzen Land. Solch ein unstetes

Leben (heute hier, morgen dort, jeder kennt das) konnte sich Emil kaum vorstellen. Allmählich fühlten sie ihm auf den Zahn. Wie es denn so sei mit den Weibern, ob man nicht mal ein Spiel spielen wolle. Das Spiel (das ich aber nicht verstand) ging dann so: Wer verlor, musste sich was ausziehen. Emil verlor, bis er in Unterhosen dastand. Dann musste er sich die auch noch ausziehen. Die beiden legten Emil die Arme um die Schultern und zogen ihn zum Schlafzimmer. Als er sich wehrte, schlugen sie ihn.

Emil blieb zwei Tage lang liegen (und ich bekam nichts zu essen). Dann raffte er sich auf, zog wieder seine Uniform an und ging zur Arbeit. Er sei die Kellertreppe hinuntergestürzt, erklärte er sein blau-grün-gelb verquollenes Gesicht. Zunächst war alles wie immer, aber ich merkte, dass Emil etwas abhanden gekommen war. So sehr, wie es noch nicht einmal Mama zustande gebracht hätte.

Am großen Torbogen gab es Veränderungen. Mit digitalen Chipkarten konnten sich die Autofahrer den Schlagbaum jetzt selbst aufmachen. Besucher (ohne Chipkarten) sprachen in eine Videokamera, wurden gescannt und eingelassen (oder auch nicht). Emil sollte einen Computer bedienen lernen. Er konnte sich nichts merken. Emil war abwesend (und genau das war auch der Grund für seine Entlassung). Er sei abwesend, wurde ihm beschieden. Und leider, leider gäbe es bei seiner Qualifikation keinen Ersatzarbeitsplatz. Und er sei zu alt zum Umlernen, wie man, nun ja, bei dem Versuch mit dem Computer gemerkt habe. Es tue ihnen gewiss leid, und er werde gewiss aufgrund seiner langjährigen Zugehörigkeit zum Unternehmen eine ordentliche Abfindung erhalten (was wirklich stimmte).

Emil blieb von nun an zuhause. Er war nicht zu alt, aber auch nicht mehr jung. Er sah mich an, seufzte und machte mir auf mein Bitten hin das Fenster auf. Wir wohnten im Dachgeschoss und es war für mich leicht, auf das fast flache Dach hinauszusteigen und dort herumzuspazieren. Emil vermied das Spazierengehen. Er schaffte es gerade noch bis zum Supermarkt (ohne Kopfrechnen) und beeilte sich zurückzukommen. Oft vergaß er die Hälfte von dem, was er hatte holen wollen (besonders ärgerlich bei Leckereien wie Gelbwurst, die wir uns zu teilen pflegten). Emil sah mich an und schüttelte bedauernd den Kopf. Er sei zu nichts mehr zu gebrauchen. Ich versuchte ihn zu trösten. Emil streichelte mir den Kopf.

Seit Mamas Tod war der alte Ahorn vor dem Fenster über das Haus hinausgewachsen. Seine Äste legten sich mehr und mehr auf das Dach. Ich konnte jetzt ganz gemütlich hinüberbalancieren und rutschte oft am alten Stamm herunter bis auf die Straße, trieb mich dort herum und wartete, bis ich Emil rufen hörte. Eines Abends wartete ich sehr lange. Aber Emil rief mich nicht. Ich kletterte den Baum hoch, sprang auf das fast flache Dach, wollte wie gewöhnlich durch das Fenster hüpfen, das jedoch geschlossen war. Emil saß am Tisch und hatte den Kopf auf die gekreuzten Arme gelegt. Er sah mich nicht. Diese Nacht verbrachte ich zum ersten Mal seit vielen Jahren außer Haus. Ich fror erbärmlich (und versuchte vergeblich die Pfoten warm zu bekommen). Danach suchte ich mir eine neue Bleibe, gleich in der Nachbarschaft. Der Ahorn wurde gefällt. Emil hat man dann später gefunden. Sein Zustand soll unbeschreiblich gewesen sein.

Die Mitte der Straße

Sie sagen, ich sei langsam. Langsamer. Einige sagen, ich sei zurückgeblieben. Zurückgebliebener. Und manche sagen, ich sei doof. Doofer ginge gar nicht mehr. Ich sehe keinen Unterschied zwischen doof und nicht doof. Berti zum Beispiel. Alles was er ist, bin ich auch. Aber Berti ist nicht doof, ich schon. Wenn ich doof nicht sehen kann, kümmert es mich auch nicht. Langsam ist sichtbar. Es stimmt. Ich bin langsam. Im Essen, Schauen, sogar im Davonlaufen. Mir gehen eine Menge Dinge durch den Kopf, bis ich eine Entscheidung getroffen habe. Da sind andere schneller. Berti ist schnell, dafür aber unüberlegt. Zack, ist er über die Straße geflitzt und nur knapp den Rädern eines ebenfalls viel zu schnellen Autos entkommen. Das würde mir nie passieren. Ich bleibe solange am Straßenrand sitzen, bis nichts mehr kommt. Dann gehe ich hinüber. Manchmal gehe ich nur bis zur Mitte und bleibe stehen. Ich schaue mir unsere Straße an. Sie ist schnurgerade in die eine Richtung und genauso in die andere. Wie Zwillinge. Ganz weit weg treffen sich die Straßenränder, und zwar genau in der Mitte. In beiden Richtungen.

Das schaue ich mir gerne an und träume davon, einmal dort zu sein, wo diese Mitten sind. Ich stelle mir das schön vor. Es gäbe keine Straße mehr, nur noch Ränder. Und folglich gäbe es dort auch keine schnellen Autos, und Berti könnte gefahrlos von einer Straßenseite zur anderen rennen, ohne dabei die geringste Überlegung anzustellen.

Berti ist mein Freund. Weil er so schnell ist, mache ich mir oft Sorgen um ihn. Einmal hatte er hastig sein Abendessen hinuntergeschlungen und sich dabei verschluckt und lange keine Luft mehr bekommen. Er hatte mich flehentlich angesehen – mit wahrer Panik in den Augen! Ich beeilte mich ihm zu helfen, das heißt, es dauerte eine Weile, bis ich ihn von der Schüssel wegbekommen hatte, aber dann konnte er sich endlich aushusten. Das Stück, das ihm in der Luftröhre steckte, würgte er zum Schluss auch noch heraus. Ich schubste ihn an und er grinste. Dann machten wir uns davon.

Berti ist groß und stark. Ich bin klein und nicht so stark. Trotzdem kann ich genauso gut Bäume hochklettern wie er. Er ist stärker, muss aber auch mehr Gewicht hochbringen. Ich bin stark genug für mein Gewicht. Das reicht völlig aus. Wenn uns etwas nicht ganz geheuer ist, suchen wir einen Baum für den Rückzug. Berti nimmt gerne den erstbesten, auch wenn das oft keine gute Wahl ist. Ich suche solange, bis ich einen finde, der uns beide bequem tragen kann. Frei laufende

Hunde machen uns ganz besonders viel Angst. Sie sind wie der Wind da und hinter uns her. Weil ich dann immer Startschwierigkeiten habe, bleibt mir genug Zeit, um nach Bäumen Ausschau zu halten, die Berti gar nicht gesehen hat. Er muss dann noch mal umkehren. Manchmal bin ich sogar schneller oben als er.

Berti ist ein ganzer Kerl und das macht Eindruck bei den Mädels. Er putzt sich gerne stundenlang heraus, bis seine rot-orange-rote Mähne glänzt und seine Augen blitzen. Dann läuft er breitbeinig wie ein Cowboy durch die Stadt und gibt an. Dabei ist er gar nicht so. Ich kenne ihn besser und weiß, dass er schüchtern ist und es gar nicht wagt, einer der Angebeteten näher zu kommen. Das macht ihn traurig, und dann heult er sich bei mir aus. Ich lehne mich an ihn, bis es ihm wieder besser geht und hänge meinen Gedanken nach. Was ist Liebe. Berti zum Beispiel ist verrückt danach. Ich denke mir, Liebe lässt sich nicht einfangen, wie eine unerfahrene Maus. Sie muss von selbst kommen. Und wenn sie da ist, darf man sie auf gar keinen Fall auffressen. Sonst ist es vorbei mit der Liebe. Doch wie kriegt man sie dazu, nicht davonzulaufen?

Ich beobachte immer lange, wie jemand ist. Wer wann warum kommt oder geht. Gehen hat viel mit Langeweile und Ekel zu tun. Kommen mit Neugier und Interesse. Soll die Liebe kommen, muss man sie neugierig machen, bis sie sich dafür interessiert zu bleiben, und zwar auf Dauer. Sich putzen und schöne Augen haben reicht dafür nicht aus. Es weckt einen Augenblick die Neugier, aber sie erlischt auf der Stelle, wenn nichts folgt.

Was denn da folgen soll, will Berti wissen.

Eine Geschichte.

Woher wir die bekämen.

Von unterwegs.

Worauf wir denn noch warten würden.

Berti und ich verlassen die Stadt. Immer die Straße entlang, immer weiter. Bald kennen wir uns nicht mehr aus und das Abenteuer beginnt. Berti läuft so langsam wie ich, weil er mein Freund ist. Er hat Zeit sich umzusehen und merkt sich alles, was er sieht. Nach einer Weile meint Berti, er habe genug gesehen, das müsse jetzt reichen für die Geschichte. Berti dreht sich herum und lässt mich auf der Straße stehen. Er läuft allein nach hause. Lange schaue ich ihm nach. Er schaut nicht zurück.

Ich vermisse ihn, aber ich bleibe. Ich setze mich ganz genau auf die Mitte der Straße, genau auf den Mittelstreifen, den es dort gibt, und recke den Hals. Am Ende ist da immer etwas. Das Meer, oder die Berge, Wald, Wiese, oder ein Fluss, ein Dorf, eine Stadt, ein Flugzeug, ein Schiff, eine Eisenbahn, ein Auto. Ich behalte die Straßenränder fest im Auge. Denn das wird meine Geschichte.

Am Katzentisch

Wer die Caffébar betrat, blickte in einen breiten Hohlweg, dessen Ende sich in der dunklen Täfelung verlor. Links der ausladende Tresen, rechts die durchgehenden, seitlichen Bänke mit abgewetzter Polsterung, davor schwere, runde Marmortische mit bequemen Sesseln. In der Mitte blieb ein unregelmäßiger Gang, in dem sich Gäste und Bedienung aneinander vorbei schoben. In der Fensternische direkt neben dem Eingang, fast zugestellt von der in kälteren Jahreszeiten überquellenden Garderobe, sowie in unmittelbarer Nähe der Tür zur Küche und den Toiletten gab es dann noch den Katzentisch – den einzigen Holztisch im Raum, überdies rechteckig und kaum breiter als sein zugehöriger, eng zwischen Wand und Tisch eingeklemmter, knarzender und nackter Stuhl, auf dem sich nur selten ein Gast aus freien Stücken niederließ.

Hier blieb ich meist für mich. Nicht, dass ich je die unbeliebte Sitzgelegenheit für mich in Anspruch genommen hätte. Nein, mein Stammplatz befand sich auf dem wattierten Kissen in der tiefen Fensterlaibung, die im Winter angenehm von der Heizung darunter erwärmt und im Sommer kühlend von der ausladenden Markise über dem Gehsteig draußen beschattet wurde. Niemand außer mir wusste das zu schätzen, denn die Gäste sahen meist nur den armseligen, von allen Seiten bedrängten Stuhl und wandten sich dann rasch ab. Auch die Kellnerinnen in ihren weißen Schürzen warfen keinen einzigen Blick in den Winkel, selbst dann nicht, wenn die wogende Gästeschar einmal zum Rinnsal wurde. Die Wenigen, die sich dennoch in diese geschmähte Nische verfügten, waren gezwungen, sich entweder durch peinlich lautes Rufen oder durch ein erneutes Herausdrehen aus dem gerade erst mühsam errungenen Stuhl und energisches Anhalten einer vorbei eilenden Bedienung bemerkbar zu machen.

Die paar Mal, die sich jemand am Katzentisch versuchte, waren in all den Jahren keine ernsthafte Störung gewesen, bis sich eines Tages ein neuer Gast auf Dauer als mein Tischnachbar einrichtete, was mich zugegebenermaßen zunächst völlig aus der Fassung brachte. Er kam mittags, nahm Platz, erhielt seine Suppe, die er klugerweise zuvor am Tresen bestellt hatte, verließ das Lokal wieder und kehrte spätnachmittags zurück, um bei einer einzigen Tasse Kaffee lange sitzen zu bleiben. Er nahm mich zuerst nur mit einem Nicken zur Kenntnis, schlug die Zeitung auf und vertiefte sich darin, später brachte er Bücher mit, und danach, als wir längst befreundet waren, Hefte, in die er unablässig schrieb.

Ich konnte sein Alter nicht schätzen, aber ich wusste mit Bestimmtheit, dass er noch jung war, ein schmaler, junger Mann, weder groß noch klein, mit taubengrauen Augen und dichten braunen Locken, die ihm meist über den Kragen wuchsen, weil er den Friseur zu versäumen schien. Seine Hände waren zart und gepflegt, und die Finger der rechten zu einer Kugelform verkrüppelt. Er schrieb mit der linken, hielt den Löffel oder die Gabel in der linken, versah alles an Heben und Halten mit dieser heilen linken Hand, wohingegen die rechte immerzu auf dem Tisch auflag, ohne sich zu beschäftigen. Nie sah ich ihn ein Messer benutzen.

Er besaß den Takt, keine Unterhaltung mit mir zu suchen, weil er wohl ahnte, dass ich meinerseits nicht gut auf ihn zu sprechen war, zumindest in den ersten Wochen nicht. Allmählich gewöhnte ich mich aber an sein Auftauchen, das mit der Zeit fast so regelmäßig wurde wie das Schlagen der Kirchturmuhr am Marktplatz gegenüber. Obwohl er nicht sprach, richtete er stets bei seiner Ankunft einen forschenden Blick auf mich, und mit der Zeit grüßte er, wenn auch nur ganz leise. Irgendwann kannte er meinen Namen – der Himmel weiß woher – und begann mich zu fragen, wie mein Tag verlaufen, wo ich unterwegs gewesen wäre, welche Abenteuer ich bestanden, und ob ich ihn heute schon vermisst hätte. Ich sah ihn mit großen Augen an. Jedes Mal von neuem erstaunt über diese mir unerwartet zuteil werdende Aufmerksamkeit wartete ich darauf, dass er sich seinen Angelegenheiten zuwandte, um meinen eigenen Gedanken wie gewohnt nachhängen zu können, aber er unterbrach mich von Zeit zu Zeit, las mir etwas vor, schüttelte den Kopf, wenn ich gähnte, und lächelte milde, wenn ich die Augen schloss. Er vertraute mir an, was er schrieb, bat mich um Rat und Zustimmung und drohte mir neckisch mit einem Zeigefinger seiner linken Hand, wenn ich sie ihm verweigerte. Kraftvoll flog diese linke Hand über das Papier, sein Gesicht glühte, solange er sich des Geschriebenen noch nicht sicher genug war, und beinahe schon laut flüsterte er mir die Einfälle zu, die ihn beflügelten, weiter zu schreiben und weiter.

Ich stellte fest, dass ich gesprächig geworden war. Und dennoch schwiegen wir mitunter lange, vertrauten auf ein Bündnis der Sorge, das die Nähe mit sich brachte. Es kam vor, dass er manchmal fehlte, und er fehlte mir. Es kam vor, dass ich anderweitig zu tun hatte und nicht da war, wenn er sich auf den Stuhl zwängte. Dann sanken seine Schultern und er verlor an Mut.

Es muss ein solcher Tag gewesen sein – ich kann es nicht bezeugen, denn ich war, wie gesagt, ausnahmsweise einmal nicht anwesend – als sich eine junge Kellnerin überraschend dem Katzentisch zugewandt und gefragt hatte, ob der Herr noch etwas wünschte. Dabei muss sie seine rechte Kugelhand bemerkt haben. Er wird sie weggezogen, und sicherlich den Kopf geschüttelt haben, denn wie ich ihn kannte, gab es keine weiteren Wünsche, und den einen würde er nicht aussprechen. Vermutlich hatte er dann die Fensterbank betrachtet, denn die Kellnerin verschwand, holte mich aus dem Bauch des Hauses hervor, und ich nahm etwas verwirrt meinen Platz ein. Er hatte zu ihr aufgesehen, stumm gedankt, schon musste man nach ihr Ausschau gehalten, nach ihr gerufen haben – die Bestellungen, die abzuräumenden Tische – und bereits im Gehen war sie sich dessen gewiss geworden, ihm über die Schulter noch einen kurzen Blick zuwerfen zu wollen.

Kurz darauf geschah dann, wovon ich schon geahnt hatte, dass es bald geschehen musste. Ich ging für immer – wie jeder einmal geht – einfach über die Mittagszeit an einem kalten Tag im Winter. Es ist leichter als Sie denken, ein Schlaf, mehr nicht. Ich sah noch den jungen Mann und die junge Kellnerin beieinander stehen, sich über mich beugen und mich lange betrachten, Hand in Hand. Sie verließen die Caffébar und kehrten nie wieder zurück.

Die Jagd

Die Gäste trafen ein, mehr oder weniger pünktlich. Nach jedem Klingeln stürzten Lara und Hendrik zur Tür, um sie mit einem schrillen »Neiiin«, oder einem kumpelhaften »Heeeheee« willkommen zu heißen. Als schließlich alle mit einem Sektglas in der Hand im Wohnzimmer standen, sich im Smalltalk versuchten und schon etwas ungeduldig auf Hendriks kleine Rede anlässlich der Festlichkeit warteten, ließ ich die Bombe fallen. Sie quiekte kurz auf, lief schnurstracks mitten durch die Gesellschaft hindurch, zögerte panisch eine Sekunde lang, wandte sich dann mit großen Hüpfern in die Richtung, die am aussichtsreichsten Schutz zu bieten versprach, quetschte sich in den Spalt hinter der Rückseite des tonnenschweren Schrankes aus historischer Zeit und verschwand. Alle hatten impulsiv die Gläser erhoben, als hätte der Gastgeber soeben fröhlich zum Anstoßen aufgefordert. Die Damen drehten sich heftig um die eigenen Achsen, die Röcke oder Hosenbeine reffend, und sie quiekten mindestens ebenso erschrocken wie der zuletzt eingetroffene, wenn auch ungebetene Gast, wobei ihre kleinen spitzen Schreie gar nicht mehr abreißen wollten. Die Herren gaben aufgeregte Knurrlaute von sich, mimten die Amüsierten (obwohl ihnen in Wahrheit graute) und begannen auf höchst unelegante Weise eckig mit den Hüften zu kreisen, als wollten sie vermittels dieses leicht aus der Mode gekommenen Salsa den Geschossen einer veritablen Tortenschlacht ausweichen.

Genauso hatte ich mir das vorgestellt. Bevor sie mich alle anstarren und den wahren Schuldigen an dem ganzen Vorfall ausmachen würden, legte ich den Rückwärtsgang ein und verzog mich schleunigst in die Küche zum gewohnten Abendessen. Lara war schneller und wartete schon in der Tür. »Was fällt dir ein, du Biest«, kreischte sie mich an. »Na warte, das war's mit Abendessen heute«, schrie sie, griff sich den Besen und schlug ihn kraftvoll auf genau die Stelle, an der ich mich noch eine Hundertstel Sekunde zuvor befunden hatte. Natürlich hatte sie keine Chance mich zu erwischen. Wutschnaubend schob sie den Besen hinter mir her durch den Gang, aber ich erreichte unbeschadet den Ausgang und zog es kurz entschlossen vor, an diesen Abend, der mir etwas aus dem Ruder zu laufen drohte, lieber auswärts zu speisen – in gebührender Ruhe, versteht sich.

Nach einer Stunde erlag ich der Neugier und kehrte zurück. Hendrik kniete umringt von seinen tapfersten Rittern neben dem Schrank und äugte in die schmale

Höhle dahinter. Jemand reichte ihm eine Taschenlampe und einen Stecken, aber er richtete sich unverrichteter Dinge wieder auf und murmelte entschuldigend, es wäre nichts zu erkennen, man würde am nächsten Tag danach sehen. Alle lachten, Lara klatschte in die Hände und eröffnete das Buffet im Nebenraum, die Gäste leckten sich die Finger, stürzten in die empfohlene Richtung, der Lärmpegel nahm zu, die Party nahm Fahrt auf und bald schien keiner mehr einen Gedanken an den blinden Passagier an Bord zu hegen – mich ausgenommen. Ich kreiste schüchtern durch die Wohnung, gab mich gänzlich unbeteiligt und am Geschehen desinteressiert, insgeheim aber zog es mich unwiderstehlich zum Schrank, vor dem ich schließlich niederkauerte und so tat, als würde mich nichts auf der Welt aus der Ruhe bringen können, während ich seine zwei rückseitigen Enden einer scharfen Beobachtung unterzog. Und richtig, unser Gast wagte sich hervor, sicherte kurz die Lage und huschte dann schnurstracks um die Ecke, wo er unter einem anderen Möbel Schutz fand, ohne dass irgend jemand etwas davon bemerkt hatte. So ging es den ganzen Abend, und ich folgte ihm, blieb aber abwartend auf Distanz, denn erstens waren mir zu viele Leute im Raum und zweitens gibt es nichts Schöneres als die Vorfreude auf eine ungestörte und somit Erfolg versprechende Jagd.

Am nächsten Morgen war die Zugehfrau bereits dabei, das Chaos des gestrigen Gelages in die gewohnte, peinlich saubere Ordnung zu bringen, als Lara schlaftrunken ins Bad taumelte und Hendrik noch im Bett saß und wie ein Krokodil gähnte. Er fuhr sich mit beiden Händen übers Gesicht, reckte die müden Arme über den Kopf, als sein Blick plötzlich an mir hängen blieb und ihm offenbar schlagartig einfiel, was ihn erwartete. Er sprang fast federnd aus dem Bett. Das hätte ich ihm mit seiner etwas fülligen Gestalt gar nicht zugetraut. Aber da stand er, ganz Krieger, und rüstete sich noch vor dem Frühstück für den Kampf, den rasch zu fechten er entschlossen schien.

Ich hatte es vorausgesehen – seine erste Attacke musste scheitern! Der Schrank ließ sich keinen Millimeter verrücken, jedenfalls nicht vermittels der wenig entwickelten Muskelkraft eines noch nie im Möbelpackergewerbe tätig gewesenen Kerls von durchschnittlicher Größe. Hendrik holte schnaufend den Werkzeugkasten aus dem Keller und begann energisch, das Ding auseinander zu nehmen, was bis zum Nachmittag dauerte. Lara besah sich den Schaden, schüttelte den Kopf und verließ fluchtartig die Wohnung. Den zur Hälfte abgebauten und von seinen darin enthaltenen Gegenständen entkernten Schrank wuchtete Hendrik schließlich ein paar Zentimeter nach vorne und lugte dahinter. Nichts. Staub, tote Fliegen, ein Fetzen Papier, Krümel. Er saß am Boden und wiegte den Oberkörper mit einer

Wut hin und her, die ich als Zeichen eines neuen Sturm-angriffs deutete. Doch wo angreifen? Er fixierte mich mit blutunterlaufenen Augen. »Du«, brüllte er, »das wirst du noch bereuen.« Ich zog mich strategisch in die Nähe des Ausgangs zurück. Er folgte mir nicht, son-dern ließ sich stöhnend auf den Rücken fallen, und blieb schwer atmend auf dem leise knackenden Parkett liegen. Es wurde ganz still wie in einer völlig verlasse-nen Wohnung, und da vernahmen wir beide das Trip-peln. Unser unfreiwilliger Gast erschien, blieb mitten im Zimmer stehen und sah sich treuherzig um, ver-mutlich auf der Suche nach etwas Essbarem, das ihm auf der Party umständehalber entgangen war.

Hendrik stieß einen solchen Schrei aus, dass mir ganz schlecht wurde. Er kam sofort auf die Beine und stürzte sich auf den Ärmsten, der mit einem gewaltigen Satz entkam, sich unter mehrfachen Richtungswech-seln quer durch den Wohnungsdschungel schlug und schließlich irgendwo einen Unterschlupf gefunden ha-ben musste, denn wir konnten ihn nirgends entdecken. Endlich schien Hendrik nachzudenken. Er kratze sich am Kopf und wandte sich zu mir. »Aufbauen«, sagte er, »den verdammten Schrank wieder aufbauen und dann richten wir eine Falle ein und du hilfst mir.« So geschah es. Abends stand der Schrank wieder an seinem Platz, eine Spalte zur Wand wurde abgedichtet, die andere blieb offen und in der Mitte dieser schmalen Klamm hatte Hendrik eine Leckerei als Köder gesteckt. Ich sollte ihm als Treiber zuarbeiten und machte mich ans Werk.

Es dauerte bis zum nächsten Tag, dann hatten wir ihn. Er steckte endlich hinter dem Schrank fest, und ich saß mit gespannter Aufmerksamkeit an der offenen Seite. Hendrik hatte mich genau beobachtet – er hatte sich sogar extra dafür Urlaub genommen. Jetzt ergriff auch ihn das Jagdfieber, und gemeinsam hockten wir vor der Falle. »Wie«, stammelte er ratlos, »wie, um alles in der Welt, kommen wir da rein?« Ich sah zu ihm hoch. Falsche Frage, blöder Jäger. Das, was da drin steckte, musste raus, und zwar von selbst, wie jeder weiß, der mein Gewerbe ausübt. Geduld ist der Schlüssel, das lautlose Pirschen, die Waffen im Anschlag. Das stunden-, mitunter tagelange Warten auf den einen entscheidenden Augenblick, der zeigt, ob du dein Handwerk beherrschst oder nicht. Das war Hendrik nicht begreiflich zu machen. Unruhig lief er umher, unfähig einen klaren Gedanken zu fassen, laut jammernd über den Umstand, zur Untätigkeit verdammt zu sein. Er hatte keine Ahnung vom Jagen. War wohl einfach nicht sein Schwerpunkt. Ich ließ ihn gewähren und hoffte auf die Nacht.

Nie sollte Hendrik erfahren, wie es zugegangen war. Er schlief wie ein Bär neben Lara, als ich zuschlug, ausnahmsweise kurzen Prozess machend, um den unliebsamen, mir aber mittlerweile ans Herz gewachsenen letzten Gast der Party endlich abfertigen zu können. Was von ihm übrig blieb, entdeckte Hendrik am nächsten Morgen. Er wiederholte seinen abartigen Schrei – und ich übergab mich auf der Stelle.

Der verlorene Bruder

Seit ich mich hier unten befinde, suche ich in jedem mir erreichbarem Winkel nach einem Ausweg – nichts! Das plötzliche Geräusch eines auf Blech auftreffenden Wassertropfens bringt mein Herz noch immer zum Rasen. Weit oben fällt ein dünner Lichtstrahl herein. Zuwenig für den Boden, zuviel, um zu vergessen, wo ich bin. Der kleine, helle Punkt zeigt den Wechsel zwischen Tag und Nacht an und erzeugt eine Ahnung vom Vergehen der Zeit. Die Tage werden kürzer, es muss jetzt Herbst sein. Was war geschehen? Ich erinnere mich nicht. Schreckhaft wie ich bin, war ich davongelaufen. Wovor? Eine Flucht, ja. Doch bleiben die Beweggründe dunkel wie dieser alte Keller, in dem ich sitze.

Mit bebenden Lungen war ich eine mit Moos überzogene Treppe in die Tiefe hinabgestürzt. Die Tür stand zwei Handbreit auf, Spinnwebfäden klebten an ihrem Rahmen. Ich schlüpfte hindurch und verkroch mich in das äußerste Ende des sich anschließenden Raumes, der düster, still und verlassen dalag. Niemand folgte mir, niemand suchte mich, und dennoch brauchte ich

Stunden, ehe ich mich auch nur für einen Moment zu rühren wagte. Alles tat weh. Ich litt entsetzlichen Durst. Aber die Tür ließ ich keine Sekunde aus den Augen. Als es bereits zu dämmern begann, hörte ich Schritte näher kommen, ein langsames, unregelmäßiges Schlurfen. Jemand drückte mit großer Kraft die in ihren Angeln unerträglich quietschende Tür zu, steckte einen verrosteten, schwergängigen Schlüssel ins Schloss, dreht ihn einmal, zweimal und noch einmal herum. Dann entfernte sich mein Retter, es wurde totenstill.

Ich war in Sicherheit. Im schwindenden Dämmerlicht sah ich mich um. Ich befand mich in einem alten Gewölbe, dessen Begrenzung sich im Dunkeln verlor. Mit dem Rücken an eine schuppige Backsteinmauer gelehnt schloss ich die Augen und blieb lange so sitzen, bis ich ein leises Sickern vernahm, dem ich langsam anfing entgegenzugehen. Eine Pfütze, die sich einmal auf doppelte Größe erstreckt hatte, floss stockend hinter einer Tonscherbe in den unergründlichen Boden ab. Nie hatte mir das brackige Wasser besser geschmeckt als an diesem ersten Abend. Später brachte ich es nur noch mit Widerwillen hinunter. Bei starken Regengüssen erneuerte sich die Pfütze, dehnte sich aus, überschwemmte sogar einmal den Winkel, in dem ich mir eine Art Schlafplatz eingerichtet hatte, und sie schmeckte für kurze Zeit köstlich nach frischen Blättern, Himmel, Erde und Sonnenschein.

Wie absurd meine Gefühle angesichts der Lage, in der ich mich befand, doch waren. Ich fühlte mich erleichtert, geborgen, befreit von – von was? Von einer Krankheit, die mich gelähmt, die mir den Verstand geraubt hatte. Im Laufe der Wochen erholte ich mich soweit, dass zumindest im wachen Zustand diese Krankheit verschwand. Und so begann ich, mich vor den Träumen zu fürchten. Ich flüchtete in die Schlaflosigkeit, in eine rastlose Erkundungstätigkeit, in endlose Rundgänge wieder und immer wieder von einem zum anderen Ende der fast lichtlosen Leere, die sich weitläufig erstreckte, die in mehrere offene Räume unterteilt war, wie für ein ausgedehntes Gebäude, dem ein großzügiger Lagerraum zuteil geworden war.

Es gab leere Kammern und welche, in denen Gerümpel stand, an dem ich roch und ahnte, wie alt es war. In einer Ecke stapelten sich Holzkisten, in einer anderen große, dickbauchige, braune Flaschen, die vielleicht einmal Sirup enthalten hatten, vielleicht Apothekertinkturen, denn sie strömten noch immer einen leicht süßlichen Geruch aus, der mir ein wenig die Sinne nahm, so dass ich mich einem Trugbild hingeben konnte, dem ich allmählich süchtig jeden Tag aufs Neue verfiel.

Es fängt mit einem festlich geschmückten Weihnachtsbaum an. Er strahlt in seiner Pracht, die Kinder in sauberen Sonntagskleidern spielen artig mit ihren ausgepackten Geschenken auf dem großen Teppich des

Zimmers, die Erwachsenen haben sich zwanglos auf Stühlen und Sesseln gruppiert und unterhalten sich, von der Küche her wogt der Duft des Bratens durch das gesamte Haus, die Domglocken läuten, man singt gemeinsam und schief »Oh Tannenbaum«, nippt an den Gläsern. Ich gehöre dazu, aber ich weiß nicht mehr wie. Ich befinde mich inmitten dieser festlich gestimmten Familie, streife durch das helle Zimmer, jeden begrüßend, allen zugetan, von jedem willkommen geheißen. Dann tritt ein unfassbares Nichts ein, und ich entferne mich so rasch wie möglich aus dieser Kammer der süßen Fäulnis, die mich anzieht und abstößt zugleich.

Die Tage vergingen, die Nächte vergingen, ich gab es auf sie zu zählen, weil ich schwächer wurde. Die unaufhörlichen Schmerzen zehrten mich aus. Und der Hunger. Sosehr man sich in einer solchen Lage wie der meinigen doch bequemt, nahezu alles Essbare hinunterzuwürgen, auch vor Würmern keineswegs halt macht, sie im Gegenteil als Delikatesse zu schätzen, ihre Beschaffenheit wie fein gelagerten Schinken zu unterscheiden lernt, so wenig war es mir möglich, Spinnen zu mir zu nehmen. Sie wussten das und grinsten mich frech von überall her an. Womöglich schien ihre Zahl im Laufe der Zeit sogar zuzunehmen. Ich rührte sie nicht an.

Ich hätte schlafen wollen, immerzu schlafen, doch rissen mich die Albträume in Abgründe, denen ich lange Zeit verzweifelt zu entkommen trachtete. Was sie mir zeigten, konnte nicht von dieser Welt sein, war eine irrwitzige Fahrt durch ein Land, dem ich jeden Realitätsgehalt absprach, sobald ich mich der Träume im Wachsein zu erinnern gezwungen war.

Bis ich eines Tages meinen Bruder fand. Mein Bruder! Er war wirklich geworden! Ich hatte einen Bruder, und jetzt stand er vor mir, winkte und bedeutete mir zu folgen. Ich riss mich los und tauchte auf. Wieder war ein Albtraum vorbei gegangen, sein Inhalt zerfiel bereits in tausend scharfe Splitter, aber mein Bruder blieb. Ich erinnerte mich an ihn und wusste plötzlich, dass es ihn gegeben hatte und dass es ihn jetzt nicht mehr gab. Mein Bruder war tot. Und das mit Gewissheit.

Mit Trauer im Herzen schleppte ich mich zur Kammer der süßen Fäulnis, um zu vergessen. Alles war wie immer: Weihnachtsbaum, Bratenduft, Glockenläuten, vertraute Stimmen und da stand er im Türrahmen zum Esszimmer, zwinkerte mir zu, und wir stahlen uns geräuschlos davon. Er war so groß und stark, mein geliebter Bruder, mein Beschützer, mein Spielgefährte und teuerster Freund, der mich zu den Abenteuern führte, die fern des Weihnachtsbaumes stattfanden.

Ohne es zu merken schlief ich ein. Es wurde finster um mich und ihn, wir standen plötzlich in Flammen und er wandte mir sein stolzes, kühnes Antlitz zu, in dem ich zum ersten Mal wahrnahm, was er nie gekannt hatte: Angst.

Zwei, drei Tage, sofern man dies einen Tag nennen kann, was ich davon sah, hielt ich mich von der süßen Fäulnis fern. Den Albträumen allerdings konnte ich nicht entgehen. Jedes Mal wachte ich mit einem Ruck auf, sie ergaben keinen Zusammenhang, es war wie Konfetti, das aus einem ganzen Bild gestanzt worden war und unrettbar auseinander stob. Ich schmeckte auf der Zunge Blut, von dem ich wusste, dass es dem Bild eingeschrieben war, aber ich betete darum, es in seiner Gänze nicht sehen zu müssen – wäre da nicht mein Bruder gewesen.

Ich versuche jetzt wach zu bleiben, und mich an ihn zu erinnern. Allmählich kommt er zu mir – bereits ohne Albträume – und er spricht mit mir, er sieht mich an, ich kann ihn nur noch nicht hören.

Mein Bruder und ich – wir waren unzertrennlich gewesen. Gemeinsam entdeckten wir das Haus, in dem wir groß wurden, den Garten dahinter, die Straße davor, das Viertel, in dem das Haus stand und später ein paar Randbereiche daneben, alte Gewerbebetriebe, wachsende Industriebrachen, illegale Müllkippen. Er lief immer vorneweg, und ich versuchte, ihn nicht aus den Augen zu verlieren. Anfangs spielten wir noch häufig mit den Kindern der Straße, in der wir wohnten, aber es gab zunehmend Spiele, die uns mit einer irritierenden Falschheit umgaben oder uns gleich ganz – voller Bosheit – ausschlossen. Hexen wurden wir genannt, schuldig an den für Kinder unbegreiflichen Vorgängen einer Wirtschaftskrise. Dennoch hielten wir uns arglos in ihrer Nähe auf, ja wir folgten ihnen, wenn sie die Straße verließen, schauten neugierig hinüber, wenn sie sich berieten und bemerkten noch nicht einmal, wie sie ihre Blicke auf uns richteten und kalt musterten.

Ihre höfliche Wohlerzogenheit schüttelten die Kinder ab wie eine zu eng gewordene Haut, je älter sie wurden, je weiter sie sich von zuhause entfernten und je länger sie sich selbst überlassen blieben. Die Eltern hatten in dieser Zeit ihre eigenen Sorgen. Die Kinder unserer Straße bildeten eine Bande und brachen Kriege mit anderen Banden vom Zaun, die zumeist mit Prügeleien zur Abendbrotzeit endeten. Sie begannen, ihren Eltern auf die Frage, wo und mit wem sie sich herumgetrieben hätten, schamlos Lügen aufzutischen. Gebrüll, harte Strafen folgten, Stockhiebe. Wir spürten, wie eine wütende Schlingpflanze durch das Haus kroch und uns allen die Luft abzudrücken begann.

Erneut gab es ein Weihnachtsfest, unser fünftes. Alles war fast wie immer. Nur die Kinder nicht. Gelangweilt hockten sie um den Weihnachtsbaum herum, gähnten angesichts der paar dürftigen Geschenke, die noch nicht einmal alle ausgepackt waren. Sie sangen kein Lied, baten oder forderten früh, auf ihr Zimmer gehen zu dürfen, was ihnen von den müden Erwachsenen mit gleichgültiger Handbewegung erlaubt wurde.

Eine nie gekannte Niedergeschlagenheit begann mich zu erfassen.

Mein Bruder und ich gewöhnten uns in diesem Jahr an, sehr früh morgens das Haus zu verlassen, um keinem seiner Bewohner zu begegnen. Wir streiften umher, mieden die anderen und spielten unsere eigenen Spiele. Es war Sommer geworden. Oft lagen wir tagsüber im warmen Schatten und dösten vor uns hin, bis die Tageshitze in einen milden Abend übergegangen war. Dann trotteten wir gemächlich zurück, machten weite Bögen um die kriegerischen Banden, schlüpften durch die Tür, schlangen unser spärlich gewordenes Essen herunter und suchten rasch wieder das Weite, bevor uns jemand aufhalten konnte. Von der einst wohligen Behaglichkeit des Hauses war nicht mehr viel übrig geblieben.

Manchmal träume ich jetzt, wie es hätte sein können. Mein Bruder und ich hätten gehen können. Wir hätten uns ein neues Zuhause suchen und neu anfangen, wir hätten die Zeichen lesen können. Dann steht mein Bruder vor mir und lacht. »Ach was«, sagt er, »was soll schon sein? Die Welt ändert sich, alle ändern sich, das bleibt nicht aus. Komm mit, ich hab' da was entdeckt. Na komm schon, sehen wir es uns an«. Er läuft voraus, ich folge ihm, wie immer. Ich sehe ihn da hineinkriechen, ein paar Kinder springen herbei und binden den Sack zu, mein Bruder tobt drinnen voller Wut, beißt, kratzt und verletzt wohl einen, der auf den Gefangenen einzutreten beginnt, bis es ruhig wird. Starr vor Schrecken sehe ich den Blutfleck auf der Sackleinwand größer werden, als eines der Kinder auf mich deutet. »Die da auch«, kreischt es, und in meiner hilflosen Lähmung stülpen sie einen weiteren Sack über mich, dem ich nun nicht mehr zu entrinnen vermag, dumpfe Schläge fallen. Ich schreie auf, ich rufe nach meinem Bruder, ich flehe um Gnade – vergebens. Sie schleifen uns davon. Am Geruch des verbrannten Mülls erkenne ich den Ort, wo sie anhalten. Jemand holt mich aus dem Sack und drückt mir den Hals mit einer kurzen Astgabel gegen den Boden. Sie hocken im Halbkreis, die Gesichter über ein grobes Holzkreuz gebeugt, auf das sie meinen Bruder so sorgfältig zu nageln beginnen wie im Werkunterricht ein Zierholz auf eines der erbärmlichen Holzschächtelchen, die sie den Eltern alljährlich an Weihnacht mit einem Knicks zu überreichen pflegten. Mein Bruder, zuerst ohnmächtig geworden, wacht auf, blutend, das Haar überall verklebt, sieht mich am Boden, heult, beginnt sich zu wehren, doch sie sind fertig, richten ihn auf, rammen das Kreuz in die Erde und zünden es an.

Seine Augen verbrannten zuletzt. Seine Augen sahen mich an. »Lauf, lauf«, schienen sie sagen zu wollen. Ich sehe ihn sterben. Ich warte auf die Gelegenheit, ich ziehe meinen Kopf, den Boden aufpflügend, mit einer gewaltigen Kraftanstrengung aus der Astgabel und mache einen Satz zur Seite, ehe mich eines der Kinder zu fassen bekommt. Und dann laufe, laufe ich um mein Leben, für meinen Bruder, um mein Leben, bis ich nichts mehr sehe, nicht mehr denke, nicht mehr schreie, nichts mehr fühle, mich an nichts mehr erinnere.

Nun ist die gnädige Dunkelheit um mich herum gewichen. Mein Bruder steht vor mir, ebenso wie das, was geschah. Gleißend hell ist es geworden. Selbst wenn ich die Augen schließe, bleibt diese Glut bestehen, und ich frage mich, ob nicht die Finsternis zuvor besser gewesen ist als die grellen Bilder, die mich jetzt blenden. Die gebrochenen Rippen schmerzen, mein halb entzündetes, halb vereitertes Gesicht brennt, der Kopf wiegt so schwer auf meinem mageren, kleinen Körper. Ich lege ihn auf den Boden, lege mich einfach auf den feuchten, kalten Boden, sehe noch die Spinnen näher rücken, dann schließe ich die Augen für immer, für mich, für meinen Bruder, und endlich gehe ich dorthin, wo wir hätten hingehen sollen, als noch Zeit war. An einen schönen Ort, freundlich, farbig, warm, voller Liebe.

Der Brief

Liebste, als gestern die Polizei vor unserer Wohnung stand, die Nachbarin den Schlüssel holte, das Telefon unaufhörlich klingelte und überall lautes Geschrei war, da hatte ich mich schleunigst verkrochen. Du kennst das ja. Still sein und scharf beobachten – stundenlang. Ein gutes Überlebenstraining der Straße.

Unsere Nachbarin heulte, irgend so ein Dings piepste ständig. Einer der Polizisten erwähnte den Namen der Klinik. Ich spitzte die Ohren: Verkehrsunfall, Intensivstation, kritisch. An mich dachte niemand. Plötzlich verließen sie alle unsere Wohnung, die Tür schlug zu und mein Herz pochte. So hatte das einmal angefangen, damals vor fast zwanzig Jahren, als wir uns begegnet waren. Mit einem Unfall.

Ich war so gut wie tot. Ma hatte immer zu mir gesagt: »Mein kleiner Draufgänger, du wirst nicht alt, wenn du so weiter machst.« Und dann knuffte sie mich in die Seiten. Ich lachte. Denn Ma sagte jedes Mal mit einem Augenzwinkern: »Mach' nur so weiter, mein Kleiner. Das Leben ist kurz. Besonders für unsereinen. Also sieh' zu, dass du so viel wie möglich davon kriegen kannst.«

Und das tat ich. Wir waren schlimme Burschen. Jung, furchtlos, ohne Skrupel. Was wir brauchten, stahlen wir den Leuten unter dem Hintern weg. Dann hingen wir herum. Wir kannten die ganze Stadt. Unser Revier galt es unter allen Umständen gegen die anderen zu verteidigen. Wer die besseren Nerven hatte, der gewann. Wir schlugen hart zu und besiegten jeden. Ich war eiskalt, blitzschnell und völlig von mir selbst überzeugt. Genauso wie Ma es von mir und den Brüdern erwartete. Ein ordentliches Zuhause hatten wir nicht gerade, aber eines, in dem wir eisern zusammenhielten. Ich besaß den Mut und die Freiheit zu tun was ich wollte. Schule gab es nicht. Wir lernten alles nebenbei. Straßenschilder lesen war einfach nützlich. Deshalb konnten wir es. Rechnen genauso. Nichts machte mir Angst, gar nichts.

Ma sagte uns: »Ihr könnt alles. Aber eines könnt ihr nicht. In Gefangenschaft leben. Seht zu, dass sie euch nicht erwischen.«

Und dann erwischte es mich. Es war an einem verregneten Morgen im Frühling. Ich war durchnässt. Ich fror erbärmlich, hatte die Schultern eingezogen und zog über den Markt mit dem hungrigen Blick desjenigen, der mindestens drei Mahlzeiten verpasst hat. Um ehrlich zu sein, ich hätte in dem Moment sogar jeden harten Kanten Brot verschlungen. Jeden! Mein Magen knurrte, mir wurde schon flau zumute. Ich sah Dich am Stand des Fischhändlers auf den Bus warten. Du hattest den Regenschirm aufgespannt. Ich schlich näher und mimte den Harmlosen. Du hattest mir zugelächelt. Du bliebst ganz ruhig stehen, obwohl ich wirklich Furcht erregend aussah. Na ja, in dem Regen vielleicht nicht ganz so wie sonst. Ich rückte vorsichtig halb unter Deinen Schirm, halb unter den des Verkaufsstandes, als die mit Abstand feindlichste Schlägertruppe, die man sich nur denken kann, um die Ecke stürmte. Mir blieb keine Zeit zu überlegen. Ich war allein, die waren es nicht. So stand die Sache. Den Motorradfahrer hatte ich gar nicht mitbekommen. Er mich auch nicht. Er fuhr davon, ich blieb liegen. Ich sah noch Dein tränenüberströmtes Gesicht, wie es sich über mich beugte, das blutverschmierte Kleid, und dann sah ich lange nichts mehr.

Als ich zu mir kam, lag ich auf einem weichen Etwas, einer Couch, wie ich später feststellte. Irgendein Doktor hatte mich zurechtgeflickt, den Kopf bandagiert und ein Bein von oben bis unten eingegipst. Meine Augen waren geschwollen, eines ließ sich gerade mal einen Schlitz weit öffnen. Die Schläger! Die fielen mir zuerst ein, und ich wollte mit einiger Dringlichkeit aufspringen. Nichts ging. Schmerz durchfuhr mich, ich schrie und schrie. Zum ersten Mal in meinem Leben bekam ich Angst. In meiner Hilflosigkeit verbiss ich mich sogar in Deine Hand, die mich so sanft wie eine Feder streichelte. Die einzige Hand, die mich je gestreichelt hatte. Und das wird sie bleiben. Aber das wusste ich damals noch nicht. Du hattest mich gesund gepflegt. Nach und nach lernte ich Deine zarten Hände zu ertragen.

»Schätze deine Chancen ein und handle danach«, hatte mir Ma immer wieder eingeschärft. Ma war eine erfahrene Kämpferin gewesen. Sie hatte recht gehabt. Deine Hände hätten mich umbringen können. Ich schätzte meine Chancen ein und entschied mich fürs Stillhalten. Ich lebte weiter.

Die ersten Wochen in Deiner Obhut fühlten sich an wie eine üble Mischung aus Misstrauen, Wachsamkeit und grenzenlosem Staunen. Anfangs hattest Du mich gefüttert wie ein kleines Kind. Nach ein paar Tagen gelang es mir, mich aufzurichten. Ich humpelte durch die Wohnung und sah mich um. Vieles darin kannte ich nicht. Der klappernde Fensterladen schlug mich genauso in die Flucht wie das leise Ploppen des Gasherdes, der plötzlich in Flammen zu stehen schien. Jeder Schatten an der Wand war eine Drohung. Ich schlich ängstlich und scheu von einer Deckung zur nächsten. Hattest Du damals über meine Schreckhaftigkeit gelacht? Inzwischen bestand ich nur noch aus Haut und Knochen. Der Schock des Unfalls und die totale Veränderung meiner Welt waren mir ziemlich auf den Magen geschlagen. Ich, der fesche, kerngesunde, kapitale Bursche mit den blitzenden Augen, der die Straßen der Stadt – na ja, unseres Reviers – beherrscht hatte, ich bemerkte eines Tages, dass jemand in dem großen Spiegel im Flur stand – und ich sah dabei das Wrack, das mir mühsam entgegengewankt kam, fassungslos an.

Mit meiner Genesung wuchs das Zutrauen in diese fremde Umgebung: drei Zimmer, Küche, Bad, Balkon, im vierten Stock eines Mietshauses irgendwo weit weg vom Revier. Eines Tages verlor mein dünn gewordenes Bein den Gipsverband und trug mich wider Erwarten ein paar Meter weit, ehe ich mich zitternd setzen musste. Der Riss am Hinterkopf heilte zusammen. Meine Augen erholten sich, ich entwickelte Appetit. Wenn Du abends müde nach der Büroarbeit nach Hause kamst, gab es für uns beide einen Leckerbissen nach dem anderen. Und eines Tages schaffte ich es in Dein Bett. Ich fühlte Dankbarkeit und nicht das geringste Verlangen nach Ma, den Brüdern oder einer von den Bräuten aus dem Revier. Tagsüber blieb ich mir selbst überlassen. Ich döste und ich trainierte. Heimlich erprobte ich meine zurückkehrende Gelenkigkeit und Spannkraft an jedem einzelnen in der Wohnung herumstehenden Möbel aus, bis man es ihnen ansah, dass sie meine Sportgeräte geworden waren.

Auf einmal erschien mir diese Drei-Zimmer-Wohnung im vierten Stock eines Mietshauses – gesegnete Zuflucht und Rettung – verdammt eng für zwei. Insbesondere für einen wie mich. Da war es – das Gefängnis, vor dem mich Ma immer gewarnt hatte. Ich saß drin wie die Maus in der Falle, und zwar schon ziemlich lange. In meinem ersten Leben hatte ich mir eingebildet zu wissen, was es heißt eingesperrt zu sein. Nun, jetzt wusste ich es wirklich. Es gibt einen Unterschied zwischen dem Gefühl und einer Tatsache. Als ich halbtot war, hatte ich nicht im Traum daran gedacht, den eng umgrenzten Bereich zu verlassen. Erst mit meiner wiederhergestellten Gesundheit und Kraft wuchs die Sehnsucht nach der alten Freiheit ins Unermessliche. Je wilder und unberechenbarer ich tobte, umso trauriger sahst Du mich an. Mein Benehmen Dir gegenüber wurde abscheulich. Aber ich konnte einfach nicht sagen, wie es um mich stand. Eines Abends – wir hatten gerade gegessen, und Du unterhieltest Dich noch bei offener Tür ein paar Minuten mit der Nachbarin von gegenüber – schlich ich mich heimlich mit meinem vollen Magen durch das Treppenhaus davon. Wortlos, wie es so meine Art ist, Du kennst das ja.

Mein Revier – das gab es nicht mehr. Ich meine, es stand noch alles da, aber alle, die ich kannte, waren weg. Auch Ma, die Brüder, alle. Ich erkundigte mich vorsichtig nach ihnen. Es hieß, sie hätten sich unerkannt in Sicherheit gebracht, nachdem ich spurlos verschwunden geblieben war. Im Revier war ich ein Fremder geworden, und Fremde werden bekämpft. Wer wusste das besser als ich? Niemand wollte mit mir zu tun zu haben. Außerdem zog ich ein Bein nach. Nur leicht zwar, aber ersichtlich. Und wer gibt einem Invaliden schon Kredit? Obwohl ich seit meiner Kindheit jeden Winkel im Revier kannte, gelang es mir nicht, einen geschützten Schlafplatz zu organisieren. Ich wechselte häufig meinen Aufenthaltsort, ernährte mich gezwungenermaßen schlecht, und ich litt unter der wochenlangen Anspannung, mich jederzeit verteidigen zu müssen. Nachdem sie mich zum siebten Mal verdroschen hatten, war ich am Ende: obdachlos, abgemagert und krank. Und – ich war so einsam wie noch nie in meinem Leben.

Im Nieselregen trottete ich über den geschäftigen Markt, zu dem es mich immer wieder hinzog. Ich war so hungrig, dass ich schon vom Essen zu träumen begann. Von Bergen aus feinstem Lachsfilet zum Beispiel. Und dann sah ich Dich plötzlich wieder in der Nähe des Fischhändlers unter Deinem Schirm stehen wie damals vor dem Unfall. Mein Herz tat einen Sprung.

Einmal – wir saßen beim Frühstück in der Küche – hattest Du zu mir gesagt: »Die Welt ist groß und gefährlich, und es ist gut, nicht allein zu sein. Ich bin immer für dich da, mein Kleiner.« Na ja, und am nächsten Tag bin ich dann abgehauen. Würdest du mich überhaupt noch erkennen, so schmutzig und heruntergekommen wie ich war? Ich setzte alles auf eine Karte und stellte mich leise unter Deinen Schirm. Ganz unter Deinen Schirm. Dein Blick war, na ja, wie soll ich sagen, fragend? Es fehlte das Lächeln. Ich folgte Dir im Abstand von einigen Metern quer durch die Stadt, ich blieb zitternd vor den Läden stehen, in die Du gingst, ich wartete ängstlich vor dem Bürogebäude, das Dich den ganzen Tag lang verschluckte, ich sprang sogar neben Dir durch die Haustür und stieg hinter Dir die Treppen hinauf bis in den vierten Stock, wo die Tür zu Deiner Wohnung einfach offen geblieben war. Eine Stunde lang starrte ich sie an. Woher kam das Zögern? Ich wusste, dass Du mich wieder aufnehmen würdest. Aber ich zögerte. Ich brauchte Hilfe, und ehrlich gesagt, ich hatte keine Alternative. Ich wusste, dass ich Dich nicht zu fürchten brauchte – und trotzdem, ich zögerte. Denn diese Tür würde sich für mich nie wieder öffnen. Dann ging ich hinein.

Meine Genesung verlief ähnlich wie zuvor. Zuerst war ich vollkommen zufrieden und begehrte nichts weiter als Ruhe, Essen und die Sanftheit Deiner Hände. Irgendwann geschah das, wovor mir graute: Es wurde zu eng. So vergingen die Jahre. Ich blieb bei Dir, weil es nicht anders ging. Anfangs gab es die Tage, an denen ich die Beherrschung verlor und wie wild durch die Wohnung raste. Das legte sich. Es kamen die Tage, an denen ich völlig durchhing und nichts mehr zu mir nahm, bis ich wieder den Zustand erreichte, den allein Deine Pflege zu ändern vermochte. Auch das ging vorüber.

Viele Jahre lang hattest Du morgens stets pünktlich um halb acht Uhr das Haus verlassen und warst abends spät und verlässlich zurückgekehrt. Mit der Zeit begann ich auf Dich zu warten. Zuerst aus verzweifelter Langweile, allmählich mit wachsender Sehnsucht. So wie Du mich umsorgt hattest, so sorgte ich mich inzwischen um Dich. Und wenn Du zur Tür hereinkamst, traurig und grau vor Erschöpfung, dann wurde ich zu Don Quijote de la Mancha: Ich stellte mich quer in den Flur, blähte die Windflügel, blies zur Attacke und ließ nicht locker, bis wir beide lachend am Boden lagen, Besiegte und Sieger zugleich, die das Spiel nahmen als das Leben, das wir beide nicht führten.

Beim Abendessen plauderten wir meist über den Tag. Du erzähltest mir von Deiner Arbeit in dem Bürohaus, wo die Leute je nach Auftragslage mal entlassen, mal wieder eingestellt wurden, von der Willkür der Chefs, die Personal als lästigen Kostenfaktor betrachten, von Deiner Angst, den Job zu verlieren, je älter Du wurdest. Ich erzählte Dir von Ma, den Brüdern, den heißen Kämpfen im Revier und den vielen komischen und auch den weniger komischen Geschichten, die ich erlebt hatte, von meinen Ideen, Träumen und Luftschlössern. Meist gelang es mir, Dich aufzuheitern. Wie ich Dein Lächeln liebe.

Im Winter saßen wir aneinandergeschmiegt auf der Couch und lasen zusammen in den neuen Büchern, die Du regelmäßig aus der Leihbibliothek mit nach hause brachtest. Bücher über ferne Länder faszinierten Dich, Ägypten, die Pyramiden in der Wüste und eine Zeit, in der die Menschen nicht nur dem Pharao Unsterblichkeit nachsagten, sondern auch den Feliden, die man für eine lange Reise zum Zenit des Himmels einbalsamierte, bis sie bereit waren hinauf zu fliegen. Ich teilte Deine Begeisterung und erzählte Dir – ohne wirklich davon zu wissen – lange Geschichten vom Leben meiner Vorfahren zur Zeit der alten Ägypter. Du hattest mir meine Flunkerei immer abgenommen. »Siehst du«, hattest Du mich ab und zu unterbrochen, »wir sind von der gleichen Art, so machen wir das auch.« Eine Reise in das Land Deiner Träume konntest Du Dir nie leisten. Ich sah Deine geflickten Strümpfe und wusste weshalb.

Im Sommer legten wir uns bequeme Kissen auf die breite Balkonbrüstung, ließen die Beine baumeln und schauten oft lange hinein in das warme Schwarz der Nacht, die immer weiter wurde, je mehr Sterne wir darin zählten. Ab und zu sagtest Du einen Satz wie: »Mein Kleiner, fall' nicht runter. Sonst muss ich hinterher springen.« Das gab mir zu denken. Ich würde niemals einfach so fallen. Oder gar aus Versehen fallen. Nein, ich würde immer springen, weil ich es so gewollt hätte, genauso wie Du auch. Aber ich sprang nie. Nicht dass ich Angst gehabt hätte vor der Höhe. Nur vor der Tiefe. Und so wurden wir zusammen alt.

Dies ist nun der erste Abend, an dem Du nicht zur Tür hereinkommst, an dem ich Dich nicht mit meinen geblähten Windflügeln empfange, und wir nicht am

Boden liegen und lachen, um ein Spiel zu spielen, das unser Leben wurde. Nachdem ich mir jetzt – es ist spät nachts – über die Situation klar geworden bin, beschließe ich zu handeln. Diesen Brief muss ich Dir – Du weißt das – persönlich überbringen. Briefe schreiben ist nicht meine Stärke. Genau genommen – ich kann es nicht. Aber ich werde Dich finden, bevor es zu spät ist. Sobald ich Dich gefunden habe, werde ich Dir das ins Ohr flüstern, was ich mich ein Leben lang nicht getraut habe laut zu sagen, und ich möchte dabei Dein Lächeln sehen. Also mache ich mich nun auf den Weg. Mein Plan geht so: Ich steige auf die Balkonbrüstung, lasse mir noch einmal alles durch den Kopf gehen, damit ich auch nichts vergesse und alles vollständig da oben drin ist, was in meinem Brief stehen soll. Dann springe ich. Immer tollkühn, immer die Nase in den Wind halten, so wie früher mit Ma. Ich komme auf die Füße, so wie ich es bei Ma gelernt habe, ich federe mich einfach ab, so wie damals, als ich wie ein leichter Ball von Mauer zu Mauer flog. Dann frage ich mich zu dieser Klinik durch, stürme mit blitzenden Augen durch den Eingang und nichts wird mich aufhalten. Sei ohne Sorge. Ich finde Dich. Dann gehen wir beide nach hause. Von meinen sieben Leben ist noch eines für Dich übrig. Mir ist ein wenig schwindlig. Ich schließe die Augen, ich falle, ich fliege, ich bin auf dem Weg zu Dir, warte auf mich, geh' nicht fort.

Der Club

Zweierlei musste stimmen, bevor ich mich in Gang zu setzen pflegte: das Wetter und die Uhrzeit. Regen oder auch nur Nieselregen, selbst winzigste, vereinzelte Tropfen, die eindeutig von oben kamen, bedeuteten ein unmissverständliches *No go*! Wohingegen ein lichter Nebel, schon im Begriff sich aufzulösen, oder einfach nur trockene Kälte mich nicht zurückhielten. Ideal war Sonne in jeder denkbaren Spielart. Sonne pur, Sonne mit Wolken oder Sonne hinter Wolken, Sonne im Sommer und Sonne im Winter, immer gab Sonne das entscheidende Signal zum Aufbruch. Und es musste Mittag sein. Nicht davor, nicht danach, sondern genau Mittag. Dann machte ich mich garantiert auf die Socken und schlug den Weg zum Club ein.

Wir wohnten etwas außerhalb der Vorstadtsiedlung, abseits der Straße, und unser Haus sah deutlich anders aus als die Häuser der Nachbarschaft. Die Fensterrahmen waren in allen Regenbogenfarben gestrichen, auf der Wäscheleine flatterte unbekümmert die Unterwäsche im Wind, überall lag Spielzeug herum. Obwohl der Garten auf den ersten Blick verwildert aussah, wurde er sehr gehegt, denn wir zogen jede Menge Gemüse, und überall dazwischen gab es Blumen in regelloser Vielfalt. In einer Ecke hatten sich die Kinder ein Baumhaus gezimmert, das es mit jedem Piratenschiff hätte aufnehmen können. Auf der langen, überdachten Veranda hing eine große, amerikanische Holzschaukel wie ein Liegebett im Freien, und im Inneren war das bunte Haus vollgestopft mit Büchern. Ich liebte dieses Haus, das für sämtliche Kinder der Nachbarschaft eine – natürlich verbotene – Attraktion darstellte, und ich liebte seine Bewohner, die mit ihren zahlreichen Gästen jede Menge interessante Unterhaltungen führten. In der Ferienzeit zogen immer irgendwelche Freunde ein und kümmerten sich um alles, während die Familie ein paar Wochen im Süden zubrachte. Nie hatte ich dieses Haus leer oder verlassen erlebt.

Mein Weg zum Club war der längste von allen. Er führte mich quer durch die Siedlung bis fast ans andere Ende. Im geschützten Winkel einer alten Burgmauer trafen wir uns, um miteinander zu plaudern. Dabei genossen wir einen fabelhaften Blick hinab auf die futuristische Skyline der nahe liegenden Bankenmetropole, wo nahezu alle Bewohner unserer Siedlung täglich ihre Bürostühle hin und her rollten. Meine übliche Routineaufgabe auf dem Marsch zum Club bestand darin, im Vorbeigehen etwaige Veränderungen zu protokollieren. Die Liste war in aller Regel kurz. Es gab so gut wie keine

Veränderungen. Meistens lagen die Häuser zugeknöpft hinter hohen Hecken oder Einfassungen. Die Einfahrten zu den immer gleichen Garagen wurden stets sauber gehalten, und nur selten ließ sich jemand in den Gärten oder auf den Gehsteigen der unzähligen Sackgassen blicken. Über all dem lag eine dumpfe Ruhe, die jedem Friedhof Konkurrenz gemacht hätte. Nun, das war meine geringste Sorge, ganz im Gegenteil, ich schätze ein stilles, abgelegenes Plätzchen sehr. Aber diese Art Ruhe dort hatte etwas von Taubheit an sich. Man hätte schreien können und wäre dennoch nicht gehört worden. Umso mehr mochte ich unsere kleinen Zusammenkünfte, bei denen es zwar letztlich nur um lauter Klatsch und Belanglosigkeiten ging, die aber immerhin eine gewisse Lebhaftigkeit mit sich brachten, der ich im Sinne einer gesunden Abwechslung zwischen dem Zuviel des Guten zuhause und dem gar nichts davon in der Siedlung durchaus etwas abgewinnen konnte. Ich strengte mich also an, dem Club das zu liefern, was er verlangte.

Normalerweise benötigte ich für den Weg bis zu unserer Mauer eine Dreiviertelstunde, inklusive Inspektion kleinerer, unbedeutender Vorkommnisse und Ereignisse. Eines Tages, an einem wunderbar milden Spätsommertag, wurde ich auf halber Strecke sehr viel länger als sonst üblich aufgehalten. Ein riesiger Möbelwagen mit Anhänger nahm die gesamte Straßenbreite ein. Das begann ich selbstverständlich sofort zu untersuchen. Nach wenigen Minuten der Observation stand fest, dass hier jemand einzog. Ich umrundete also den Koloss und versuchte dabei ins Innere zu spähen. Erstaunlicherweise fand ich nicht das übliche Umzugschaos aus übereinander getürmten Tischen, Stühlen, Betten, Lampen und Kartons mit jedwedem Kram vor, sondern sauber gestapelte Holzkisten aus – unglaublich! – aus New York! Männer im einheitlichen Overall der Umzugsfirma holten wie ein gut geöltes Uhrwerk eine Kiste nach der anderen heraus und setzten sie vorsichtig am Eingang ab, wo schon die nächsten im Overall bereitstanden, um sie zu öffnen und den jeweiligen Inhalt ins Haus zu tragen. An ihren Händen trugen sie erstaunlich weiße Handschuhe! Eine ganze Weile schaute ich verblüfft diesem ungewöhnlichen Treiben zu. Von den neuen Nachbarn bekam ich niemanden zu Gesicht. Vielleicht waren alle drinnen beschäftigt? Oder waren sie etwa gar nicht da? Ich kannte das Haus, es stand seit einiger Zeit leer. Ich beschloss, seine Rückseite und den Garten zu inspizieren, drückte meine Schlankheit durch die Hecken und gelangte auf den kleinen, inoffiziellen Schleichpfad, den nur wir Ortskundige benutzen. Unbemerkt kam ich hinter dem großzügig angelegten, zweistöckigen Anwesen mit seiner ausladenden Loggia und Terrasse heraus. Es handelte sich ohne Zweifel um eine der bedeutendsten Villen der Siedlung. Das dahinter liegende Areal wies einen geradezu parkähnlichen Garten von beachtlichen Ausmaßen auf, sogar mit einem Swimmingpool darin! Alles war ausgesprochen modern, mit Flachdach, viel Glas und Stahl, und natürlich sehr chic. Da saßen sie, unter Sonnenschirmen, auf gepflegten Teakholzgartenstühlen, Drinks schwenkend, und unterhielten sich angeregt. Ich versuchte sie zu zählen, verlor aber den Faden, als auch noch Dienerschaft dazwischen auftauchte und sogar Besucher eintrafen. Jedenfalls sah dieses Geschehen einer Cocktailparty ähnlicher als einem Einzug.

Ich flitze davon. Damit hatte ich weitaus mehr an Neuigkeiten auf Lager als sonst im Laufe eines ganzen Jahres zusammenkamen. Gewöhnlich war ich die Letzte, die eintraf, und musste mich dementsprechend mit einem der äußeren Plätze begnügen. Obwohl ich es nie zugegeben hätte, war mir das ganz recht. Weder stand ich gern im Rampenlicht, noch fand ich Gefallen an den endlosen Monologen einiger fülliger Damen in unserer Runde, die in jeder Hinsicht dominierten. Mit einem kappen Nicken sah sich Eleonora, die Clubälteste, nach mir um, nicht ohne zuvor einen strengen Blick in die Runde geworfen zu haben, der das Gespräch der Damen augenblicklich zum Verstummen brachte. Alles lauschte gespannt dem nun folgenden Auftakt.

»Nun, Lizzy, wie immer unpünktlich, aber dafür wenigstens zuverlässig in der Sache. Unsere erste Clubregel lautet: Sei pünktlich und regelmäßig da, egal ob Regen, Hagel oder Sonnenschein. Ich wünsche das allerdings nicht ständig wiederholen zu müssen. Wir sind immerhin dankbar, wenn du uns noch gelegentlich die Ehre des Erscheinens erweist«. Eleonora triefte vor Selbstgefälligkeit. »Also, wir erwarten nun deinen Bericht. Mit soviel Verspätung sollte er einiges enthalten, nicht wahr? Oder werden wir die wirklich relevanten Nachrichten wieder einmal erst morgen früh dem Lokalteil der Zeitung entnehmen müssen«?

Sie konnte es nicht lassen. Eleonora fuhr immer volle Breitseite oder teilte zumindest einen groben Hieb aus, notfalls auch ohne Anlass. Die anderen grinsten. Ich zog es vor, mir einen freundlichen Anschein zu geben, denn auf einen dümmlichen Schlagabtausch ließ ich es keinesfalls ankommen.

»Ganz recht, Eleonora. Wir werden uns morgen allerdings der Zeitung bedienen müssen, um sicherlich haarklein schwarz auf weiß zu erfahren, was ich heute bereits in Farbe, wenn auch nur von außen betrachten konnte. Aber ich kann euch hier und sofort den ultimativen Exklusivbericht liefern, falls ihr ihn tatsächlich hören wollt. Oder …«, ich stand auf und streckte mich genüsslich, »… ich gehe jetzt nach hause«.

Sie schrieen auf. Wusste ich es doch. Sie waren alle extrem neugierig und absolut scharf auf alles, was auch nur den Hauch von etwas Neuem enthielt. Zumal es in unserer Gegend so wenig davon gab. Selbst Eleonora konnte sich nicht beherrschen und erteilte mir schließlich Absolution. Ich berichtete also, knapp und professionell wie immer, zog einige Schlussfolgerungen und wies mehrfach darauf hin, dass ich meine Vermutungen noch zu überprüfen hätte, mich aber im Interesse des Clubs damit beeilen würde.

Am Ende waren alle furchtbar aufgeregt und stellten die absurdesten Mutmaßungen an: Die Mafia, ein stinkreicher, saudischer Prinz, ein getarnter Geheimdienst mit Funkzentrale im Keller, und dergleichen mehr. Ich betrachtete die Dinge etwas nüchterner und zog eine gewisse, nahe liegende Verbindung zu unserer grandiosen Skyline da unten in Betracht. Vermutlich ein Börsenhai, dessen Company gleich mit über den Teich gezogen war, um das Big Business praktischerweise vor Ort erledigen zu können. Dass die Kurse sich derzeit geradezu überschlugen vor lauter Hype war mir nicht entgangen. Ein absolut heißes Thema, das aber keine der anwesenden Damen auch nur im Mindesten interessierte.

Im Club besprach man ganz andere Dinge: Empfehlenswerte Ärzte und das Gegenteil davon, Kochrezepte, Erziehungsfragen, jede Menge Spiele zum Zeitvertreib, die üblichen Mängel des Personals und des allgemeinen Luxuslebens natürlich. Bis auf gelegentliche kulinarische Tipps hatte ich zu den Gesprächsrunden in der

Regel nichts beizusteuern gehabt. Deshalb hatte ich auch recht bald nach meinem Beitritt zum Club den Auftrag angenommen, Neuigkeiten zu sammeln und sie anschließend wie Pralinen an die Clubmitglieder auszuteilen. Zu irgendetwas sollte ich offenbar für den Club nützlich sein. Allein die regenbogenfarbenen Fensterrahmen meines von den Clubdamen wenig geschätzten Domizils qualifizierten mich nämlich keineswegs als anerkanntes Mitglied.

Eleonora rief zur Ordnung und wurde amtlich. »Wir sollten uns darauf vorbereiten, in Kürze einen exquisiten Zuwachs an Clubmitgliedern zu verzeichnen. Als einziger Damenclub vor Ort genießen wir Vorrang vor den übrigen im Umkreis, und die Aufnahmegesuche neu hinzugezogener und infolgedessen ortsansässiger Damen werden wir in gewisser Weise bevorzugt behandeln«.

»Weit und breit sind wir der vornehmste Club hier, und wir können Neuzugänge nur allmählich, wenn überhaupt verkraften«, ließ sich eine näselnde Stimme vernehmen. »Außerdem haben wir nicht die Zeit, sehr viele Neue auf einmal mit unseren Gepflogenheiten vertraut zu machen. Schließlich sollen sie sich ja anpassen und nicht stören«.

»Neue sind lästig«.

»Mit Neuen gibt es immer Ärger«.

»Wisst ihr noch, wie lange es gedauert hat, bis sich Lizzy ins Clubleben eingefügt hatte«?

»Und wie schwer sie sich noch heute damit tut«?

Sie kicherten ausgiebig. Beleidigung dieser Art maß ich allerdings schon lange keine Bedeutung mehr bei. Diese blasierten Vorstadtmiezen mit ihren provinziellen Ansichten hielten sich für den Nabel der Welt und hatten nicht den Schimmer einer Ahnung, was Welt überhaupt bedeutete. Ich schwieg also eisern und hielt mich im Hintergrund. Sollten sie doch ihre Vorurteile pflegen, ich hatte Besseres zu tun.

»Und was ist, wenn niemand kommt«, warf endlich Missi in ihrer unverblümten Art ein und sprach damit das aus, was die führende Damenriege zwar für schlichtweg unmöglich hielt, insgeheim aber dennoch fürchtete. Ich war Missi so unendlich dankbar.

»Absurd«!

»Vollkommen undenkbar«.

»Dann haben die Neuen keine Damen«.

»Gibt's nicht«.

»Ach, haltet doch einfach die Klappe«! Eleonora schnappte höchst unelegant nach Luft. »Abwarten«. Womit sie recht hatte.

Die Clubälteste wechselte das Thema und begann soeben ihre hausbackenen Einfälle zur diesjährigen Ausgestaltung des Sommerfestes zum Besten zu geben, als sie durch die nicht angekündigte Ankunft einer unbekannten Dame unterbrochen wurde, die – ganz in üppiges Schneeweiß gekleidet – mit langsamen Schritten aber ohne Zögern näher kam. Ihr Gang war fließend und leichtfüßig, trotz der schneeweißen Pracht, ihre Ohren liefen in hauchzarte rosa Spitzen aus, sie trug lässig, fast nachlässig, ein mit kostbar funkelnden Steinen besetztes Halsband, ihre Augen waren so meergrün wie der Atlantik, über den sie soeben gejettet sein musste, und einen halben Meter hinter ihr trippelte ein kleiner, nervös um sich blickender Kerl in ihrem Schlepptau.

Während mir sofort klar war, dass es sich um niemand anderen als die neuen Nachbarn handeln konnte, die man nach allen Regeln der Höflichkeit zunächst einmal hätte anständig begrüßen müssen, blieben die anderen sprachlos. Und dann bellte schließlich eine der ganz Fetten los: »Wir sind hier ein Damenclub! Herren nicht zugelassen«! Ich hielt die Luft an, aber die Schneeweiße dreht sich nur gelangweilt nach dem kleinen Nervösen um und sagte: »Ronni-Darling, sie halten dich für einen Herrn – wie amüsant«.

Eleonora schob sich nach vorn, besann sich endlich auf ihre guten Manieren und würgte ein »Welcome« heraus. Das hatte sie wohl irgendwo aufgeschnappt, und damit war auch schon Schluss mit ihren Fremdsprachenkenntnissen. Dabei hätte sie eigentlich merken müssen, dass die Unbekannte völlig fehlerfrei, wenn auch mit starkem Akzent sprach.

Die Schneeweiße war schließlich bis ganz nach vorne

getreten und setzte sich unbeeindruckt von all dem Getuschel ringsum auf genau den einzigen Platz im Club, der mit Abstand die allerbeste Aussicht auf die Skyline bot. »Nicht übel, Ihre kleine Stadt hier«, bemerkt sie etwas gedehnt und man hatte den Eindruck, dass ihr schon ganz andere Ausblicke eröffnet worden waren. »Wie heißt Ihre Wallstreet doch gleich noch mal? Geh' nicht so nah an den Rand, Ronni-Darling. Wissen Sie, er ist immer so ungeschickt. Ich würde es mir nie verzeihen, wenn er ausgerechnet hier zu Schaden käme, wie lächerlich. Obwohl ich mich jeden Tag frage, warum ich ihn eigentlich behalten sollte, nicht wahr, Ronni-Darling«? Sie lächelte kokett zu Eleonora hinüber, die über die Unverfrorenheit der Ankömmlinge starr vor Empörung blieb, was gar nicht ihrer Art entsprach, denn Eleonora war immer äußerst beweglich, kam stets aufdringlich nah heran und auch gewöhnlich rasch auf den Punkt.

»So, und was haben Sie uns sonst noch zu bieten, meine – Damen«? Das unterschwellig Bissige an der zuckersüßen Frage sagte mir irgendwie zu. »Mir scheint, wir haben nun alles gesehen, Ronni-Darling. Verschwenden wir nicht weiter unsere Zeit«. Sie stand auf und drehte sich aufreizend langsam zu den Clubdamen um, die wie vom Donner gerührt dastanden. »Danke für Ihr Willkommen. Aber ich denke – eher nicht! Was meinst du, Ronni-Darling«? Ronni-Darlings Augen flackerten vor Sorge, das Falsche zu sagen. Er tat mir leid. Seine Zunge fuhr nervös über die Lippen. »Äh, ja, ganz deiner Meinung, ähem«. Die Schneeweiße schaute ihn gebieterisch, mit leichtem Stirnrunzeln an und fauchte dann überraschend scharf: »Komm schon«! Und damit zogen sie ab. Sie geschmeidig rauschend vorneweg, er stolpernd, panisch nach allen Seiten sichernd, hinterdrein.

»Lizzy!«, Eleonora kochte vor Zorn, »geh' ihnen nach und finde etwas heraus, egal was! Das lassen wir uns nicht bieten. Die machen wir fertig«! Das ließ ich mir nicht zweimal sagen. Nicht, weil ich Eleonoras Meinung teilte, sondern weil ihr Auftrag genau das beinhaltete, was meine neugierige Natur ohnehin vorhatte: observieren. Erleichtert kehrte ich dem Club den Rücken und nahm die Verfolgung auf.

Ich behielt Ronnis Kehrseite im Blick. Wie erwartet bogen die beiden bei der Villa ab und verschwanden im Eingang. Das war demnach schon mal geklärt. Sie würden mir nicht davonlaufen, und deshalb trat ich in aller Ruhe den Weg nach hause an, denn es war Essenszeit. Mahlzeiten verpasse ich niemals. Schon gar nicht die im Regenbogenhaus, wo stets Vorzügliches gereicht wurde.

In den nächsten Wochen bezog ich einen Beobachtungsposten nahe der Villa und bekam meine Observierten auch gelegentlich zu Gesicht. Dem Club aber konnte ich nichts wesentlich Neues berichten und – um ehrlich zu sein – es lag mir auch nichts daran. Mir fiel auf, dass Ronni-Darling immer öfter allein unterwegs war und sich allmählich traute, in weiten Kreisen um die Villa herumzustreifen. Ich legte es darauf an, ihm mehrfach freundlichst über den Weg zu laufen, bis er endlich damit aufhörte, so erschrocken wie ein junges Kaninchen aus der Wäsche zu gucken. Eines Tages passte ich ihn mit der Absicht ab, mit ihm ins Gespräch zu kommen.

»Hallo Ronni«, begrüßte ich ihn wie einen alten Bekannten. Wie nicht anders zu erwarten, erschrak er, fasste sich aber rasch und brachte ein artiges »Guten Tag« heraus. »Äh, du weißt wie ich heiße«? Ich nickte. »Lizzy. Mein Name ist Lizzy. Freut mich, dich kennen zu lernen. Wollen wir ein Stück spazieren gehen«? Ronni zögerte, machte dann aber mit. Wir schlugen eine Richtung ein, die er bestimmt noch niemals in Erwägung gezogen hatte, und rasteten an einem trockenen, sonnenwarmen Plätzchen am Waldrand. Dann begann Ronni mir sein Herz auszuschütten. Er war todunglücklich. Er hatte nicht nur seine Heimat verlassen müssen, ohne gefragt zu werden, er wurde auch Tag und Nacht von der anspruchsvollen Schneeweißen hin und hergehetzt, verhöhnt, bloßgestellt, am Schlafen und sogar am Essen gehindert. »Ich weiß nicht mehr weiter«, heulte er, und dann sagte er schließlich: »Ich weiß nicht wohin«. Ronnis magere Knochen bebten. Ich fasste einen Entschluss, den ich auf gar keinen Fall im Club bekannt geben würde. Zunächst einmal brachte ich Ronni zum Regenbogenhaus, wo er sich ordentlich satt essen konnte. Dankbar nahm er mein Angebot an, jederzeit wiederkommen zu dürfen. In den folgenden Tagen tauchte er regelmäßig bei uns auf, schlug sich den Bauch voll und danach plauderten wir eine Weile auf der Veranda.

Kurz vor Weihnachten kam es in den Nachrichten: Die Kurse rutschten ins Bodenlose. In der Villa wurde hektisch zusammengepackt. Ronni stürzte aufgelöst durch die Tür. Er wurde schon gesucht und sollte wer weiß wohin verfrachtet werden. »Ich gehe nicht mit«, sagte er tapfer, »nein, ich bleibe hier, egal wie«. Ich versteckte Ronni zwei Tage lang, bis die Villa definitiv geräumt war. Die Schneeweiße würde sich einen anderen Darling zulegen müssen. Ronni blieb bei uns. Die Familie taufte ihn Angelo und er blühte auf. Er entpuppte sich als ein kluger, rücksichtsvoller und liebenswerter Hausgenosse, an dem alle ihre Freude hatten. Oft lagen wir dösend auf der großen amerikanischen Verandaschaukel, was ihn ein bisschen an seine Heimat erinnerte. Angelo, Missi und ich gründeten im nächsten Sommer den neuen Club, offen für alle und jeden. Clubtreffen nur bei Sonnenschein.

Einen Moment noch, Doktor!

Doktor, ich flehe Sie an, hören Sie mir zu! Wenigstens eine Minute, ehe Sie mit der Behandlung fortfahren, ich weiß, Sie haben keine Zeit, keine Zeit – ich kenne das ja seit vielen Jahren. Jedes Mal nach der Begrüßung sofort der feste Griff und die Spritze – es dauert nur einen Moment! Ihre Assistentin kümmert sich um den Rest, und Sie sind schon beim nächsten Fall. Wieder ein erschrockenes Zucken –, und die Sache ist erledigt. Aber heute, Doktor, heute ist ein besonderer Tag, das werden Sie sicherlich verstehen. Es ist mir nicht entgangen, wie wenig Aussicht auf Besserung ich habe, wie hoffnungslos Sie meinen Zustand beurteilen, auch wenn Sie mir nie direkt mitgeteilt haben, wie es wirklich um mich steht. Ganz blind und taub bin ich ja noch nicht geworden – ich weiß Bescheid! Ich verlange, dass Sie mir jetzt die Wahrheit sagen, und sei es nur, um das kleine bisschen Zeit zu beanspruchen, das Sie dafür brauchen – hören Sie mir überhaupt zu?

Ich atme so schwer, Doktor – ich muss immer länger nach Luft schnappen. Aber wenn Sie mich heute nicht ausreden lassen, dann schlage ich Ihre Praxis kurz und klein, soviel steht fest. Gewiss, die Jahre sind nicht spurlos an mir vorübergegangen. Ich habe meine außergewöhnliche Sportlichkeit größtenteils eingebüßt, aber wenn es darauf ankommt, steckt so lange genug Kraft in mir, bis ich Ihnen mit deutlicher Entschiedenheit meinen Standpunkt klar gemacht haben werde. Ich möchte das nur ungern unter Beweis stellen, ich würde es hiermit gerne bei einer Drohung belassen, wenn Sie wissen, was ich meine. Sparen wir uns doch die Mühe – jeder Atemzug ist kostbar, für Sie ist es Geld, für mich – Zeit.

Wissen Sie, als ich noch so jung war wie Sie es jetzt gerade sind, und ich auf dem Höhepunkt meiner Leistungsfähigkeit gestanden hatte, als das Leben sich ganz und gar mühelos vollzog, und als jeder Tag mit dem selbstverständlichen Triumph des jungen Siegers begann, da kam mir niemals auch nur für eine Sekunde sein Ende in den Sinn. Immer hatte ich genussvoll gelebt, hatte aus dem Vollen geschöpft, hatte nie eine Gelegenheit versäumt, mir meinen Anteil zu holen. Und das Leben dankte es mir. Ich wurde bewundert, beneidet, gehasst – und vor allem: ich wurde geliebt.

Sehr früh kam ich zu Pflegeeltern, die das Menschenmögliche daran setzten, mir eine glückliche Kindheit und Jugend zu bereiten. Ich erhielt alles, wonach ich verlangte, sie waren fantastisch. Als ich erwachsen wurde, ließ die Aufmerksamkeit für mein Tun und Lassen allerdings deutlich nach. Inzwischen hatten sie ihr eigenes Kind bekommen, dem ich solange aus dem Weg ging, bis man vernünftig mit ihm reden konnte. Der Junge wurde mein bester Freund. Jahrelang zogen wir gemeinsam aus, um die Nachbarschaft zu erkunden. Wir hatten Schlupfwinkel, die niemand sonst kannte, wir kletterten über sämtliche Gartenzäune und auf jeden Baum der Umgebung, wir stahlen frech die Leckerbissen aus der Küche, wir verträumten ganze Nachmittage im Wald, der uns eine unerhört verführerische Spielwiese bot, bis der Junge die Mädchen zu entdecken begann. Von nun blieb ich mir selbst überlassen, ein Einzelgänger, wie es hieß. Die dreisten Übergriffe der Nachbarschaft auf mein Territorium nahmen zu, und ich lernte in den letzten Jahren, meine Haut teuer – sehr teuer – zu verkaufen. Ich war ein recht beachtlicher Haudrauf, wie Sie sich vielleicht erinnern werden. Wiederholt hatten Sie mir das Fell zusammenflicken müssen. Viele meiner damaligen Widersacher tragen noch heute die Spuren unserer Kämpfe, sie begegnen mir mit Hochachtung – manche jedenfalls. Oder mit leisem Spott, denn ich bin hinfällig geworden, ich verlasse kaum noch das enge Haus und ich gehe somit jeder Auseinandersetzung aus dem Weg.

Ja, ich bin alt geworden, das leugne ich nicht. Meine Welt ist nun zusammengeschrumpft auf höchstens noch den Garten, aber das genügt mir. Wie wunderbar so ein Sommertag sein kann, wenn ich an einem ruhigen Platz im Halbschatten liege und den Schmetterlingen nachschaue, die ich früher einmal gejagt hatte. Wie zauberhaft so ein Himmel ist, über den die Wolken dahinsegeln, zart und licht wie fliegender Samen, den der warme Wind streut, wohin er will. Und gesegnet sei ein eisiger Wintertag mit seinen wütenden Schneestürmen, die völlig vergeblich gegen die Fensterscheiben anrennen, während mir die beheizte Fensterbank den schmerzenden Rücken wärmt.

Ich genieße das Leben, Doktor, auch wenn es für Sie so aussieht, als hätte ich nichts mehr davon. Ich hänge am Leben – es ist so einzigartig, finden Sie nicht? Die Essenszeiten verpasse ich zwar meistens, weil mir nichts mehr daran liegt, und Treppen steigen kommt schon lange nicht mehr in Frage – und, tja, meinen Weg zur Toilette finde ich auch nicht immer ganz zuverlässig … das ist unangenehm, dessen bin ich mir bewusst. Ich stehe ausgerechnet denen im Wege, die ich mein Leben lang geliebt habe. Tatsächlich möchte ich niemandem zur Last fallen, insofern haben Sie mein Einverständnis, Doktor. Auch fühle ich mich ausgerechnet heute sehr müde, ja sehr müde, das stimmt – nun Doktor, was raten Sie mir?

Bitte bleiben Sie noch, es ist gleich vorüber, eine kleine Unpässlichkeit, verzeihen Sie, Doktor, wie peinlich, dieses unkontrollierte Wasserlassen, aber es muss wohl sein. Ich schließe jetzt die Augen. Wie Sie bemerkt haben, Doktor, ohne jede Gegenwehr. Alles, was ich Ihnen heute erzählt habe, sind die Träume der Stunde, die nun anbricht. Wie lange kennen wir uns schon? Sie haben mich mein Leben lang begleitet, haben mich vorsorglich geimpft, so dass mir diese albernen Kinderkrankheiten erspart geblieben sind. Nur gegen das Alter können Sie nichts tun. Ich verstehe jetzt, was geschehen muss. Würden Sie bitte Ihre Hand auf meinen Kopf legen, Doktor? Ich schaffe es nicht mehr, Ihnen so entgegen zu kommen, wie es doch sonst meine Art ist. Immer hatte ich Sie so begrüßt, auch dann, wenn Sie keine Zeit, keine Zeit, keine Zeit hatten. Merkwürdig, wie ich Ihnen von Anfang an vertraut habe, trotz der raschen Griffe und der Spritzen. Sind wir ganz allein? Warum ist denn niemand außer Ihnen da, Doktor?

Die Sommerliebe

Er schien sich schrecklich zu langweilen, kickte lustlos einen wunderbar runden Kiesel den Rinnstein entlang und schaute mit trüben Augen auf den flimmernden Asphalt. Summertime, tote Hose, brütende Hitze. Und dann auch noch schwarzhaarig. Die Sonne stach ihn unerbittlich, es fiel ihm aber offensichtlich schwer, sich für den kühleren Schatten zu entscheiden, denn dort erwartete ihn – nichts. Alle waren fort, Urlaub, Sommerfrische, Erholung. Nur ihn hatte man zurückgelassen. Natürlich kam er alleine klar, keine Frage. Aber diese Ödnis!

Ich beobachtete ihn bereits eine ganze Weile durch die Hecke, ergötzte mich am Spiel seiner Muskeln, der tadellosen Figur, dem federnden Gang. Was für ein prachtvolles Exemplar! Sportler, Champion in jeder Disziplin, Held meiner Träume, von der Weiblichkeit umschwärmt, von der Konkurrenz gehasst. Immer war er im Mittelpunkt und hatte täglich die Wahl, wem er seine Gunst schenken oder das Herz brechen wollte. Abends zog er regelmäßig mit einer Neuen los, und die abservierte Favoritin des vergangenen Tages heulte sich die Augen aus. Sie kapierten das Spiel nicht. Jede glaubte ihn endlich für sich gewonnen zu haben, bis er plötzlich keinerlei Interesse mehr zeigte. Fast taten mir die rasch Verstoßenen leid, aber sie bekamen ihn immerhin für eine Nacht. Mich hingegen hatte er noch nie eines Blickes gewürdigt.

Ich machte mir nichts vor. Er war ein Mistkerl. Und ich beschloss, ihn wenigstens gründlich zu ärgern, wenn ich schon sonst nichts bei ihm erreichen konnte. Als er endlich da angekommen war, wo ich hinter der Hecke saß, sprang ich ihm wie ein Teufelchen vor die Füße. Und siehe da, er erschrak heftig bis in die Zehenspitzen. Nicht gerade heldenhaft. Eins zu Null für mich. Missmutig fauchte er mich an.

»Verdammt, was treibst du da!«

»Nur hallo sagen. Hallo Barnie.«

Er äugte verdutzt zu mir herüber.

»Kennen wir uns?«

»Nö.«

»Doch, du kennst meinen Namen.«

Ich drehte seinen Kiesel um, schubste ihn weiter und entfernte mich lässig Schritt für Schritt. Das hatte er nicht erwartet. Das hatte er noch nie erlebt.

»He, Moment mal, das ist mein Kiesel, was fällt dir ein. Komm sofort wieder her!«

Ich hüpfte Meter um Meter weiter und beachtete ihn in keiner Weise, denn ich hatte ja seinen Kiesel. Weitaus interessanter als sein Besitzer! Barnie brauchte erstaunlich lange, bis er zu einer Regung fähig war. Aber dann hetzte er wie der Blitz hinter mir her und stoppte mich mit seinem gesamten Körpergewicht. So nahe war ich ihm noch nie gekommen. Zwei zu Null für mich.

»Gib sofort her.«

»Bitte sehr.«

Ich gähnte. Er funkelte mich an. Ich hatte seine volle Aufmerksamkeit. Drei zu Null für mich.

»Was fällt dir eigentlich ein! Wer bist du überhaupt? Und warum bist du nicht fort wie die anderen? He, ich rede mit dir!«

Vier zu Null für mich. Dieses Spiel fing an mir zu gefallen. Ich fixierte scharf den Horizont und entgegnete so cool wie möglich »aha«, drehte mich um und verschwand durch die Hecke. Fünf zu Null für mich.

Unser kleines Gespräch hatte mich prächtig amüsiert. Der große Barnie war abgeblitzt. Es wurde aber auch langsam Zeit. Dann seufzte ich leise, denn diese Art, ihn sitzen zu lassen, war nicht wirklich das, was ich meinte. Ich hatte ihm mit meinem kleinen Einsatz nur etwas deutlicher klar gemacht, wie sehr alleine und gelangweilt er durch die Straßen strich.

Mein Abgang musste ihn in dem Glauben gelassen haben, ich wäre entschwunden. Tatsächlich behielt ich ihn gut versteckt im Auge. Er starrte lange den Kiesel an und schien zu überlegen. Dann drehte er sich um und trottete zurück nach hause. Ich folgte ihm unauffällig. Er verschwand im Haus. Ich hörte noch irgendetwas scheppern, bekam ihn aber nicht mehr zu Gesicht.

In den nächsten Tagen begegneten wir uns mehrfach. Das heißt, ich legte es darauf an ihm zu begegnen, meistens auf dem kleinen Marktplatz, wo man so tun konnte, als sei man zufällig in einer ganz anderen Angelegenheit unterwegs. Barnie schien stocksauer zu sein, blieb aber dennoch merkwürdigerweise in der Nähe. Natürlich, er langweilte sich, und immerhin war ich etwas Bewegliches, dem er folgen konnte. Ich betrachtete das Werbeplakat des Friseurladens – eine schmachtende Blondine mit kühnem Haarschnitt – als der Meister mit einer Zigarette vor die Tür trat, fast über mich stolperte und lauthals loslachte.

»Na, Süße, von Natur aus mausbraun, wie? Kleine Verschönerung gefällig? Ich empfehle fürs Erste Strähnchen – löwengoldene … haha.« Er fand es irrsinnig komisch. Ich verzog die Mundwinkel und er schnippte noch immer lachend seinen Zigarettenstummel auf den Gehsteig. Gerade als ich drauf und dran war, dem Flegel das Gesicht zu zerkratzen, fiel mir Barnie ein und ich wandte mich kurz zur Ecke um. Dort stand er, schüttelte sich und gluckste verdächtig. Eins zu Null für Barnie. Dann kam er auf mich zu.

»He, lass uns abhauen! Na komm schon«.

Er winkte, ich folgte ihm. Zwei zu Null für Barnie.

Wir schlenderten zu den Gärten, dann zum Teich mit dem angrenzenden Wald. Auf einem umgekippten Baumstamm ließen wir uns nieder. Die Sonne schien gedämpft durchs Laub. Er besah mich von der Seite – ganz entspannte Arroganz – und gluckste erneut.

»Mausbraun, sehr treffend. Wer bist du eigentlich?«

»Niemand, den du kennen musst.«

»Eine geheimnisvolle Unbekannte also. Eine verzauberte Prinzessin vielleicht? Wenn ich dich nun küssen würde …«

»Untersteh dich!«

»Schon gut! Würde mir nie einfallen.«

Drei zu Null für Barnie. Ich hasste ihn. Aber es schien ihn nicht zu kümmern. Er kaute mit den Zähnen an seinen Fingernägeln herum und nach einer langen Pause meinte er beiläufig, dass wir wenigstens etwas gemeinsam unternehmen könnten, wenn schon sonst nichts passierte. Ich schluckte. Und mein Traum rückte näher. Dann stimmte ich zu, viel zu hastig. Hoffentlich war es ihm nicht aufgefallen. Vier zu Null für Barnie. Er warf mir einen neugierigen Blick zu.

»Du könntest mir wenigstens deinen Namen verraten.«

»Nein.«

»Na, gut. Dann taufe ich dich eben. Du bist meine ›Sommerliebe‹, einverstanden?«

Ich erstarrte. Fünf zu Null für Barnie. Gleichstand.

Barnie und ich begannen frühmorgens gemeinsam unsere Runden durchs Städtchen und die Umgebung zu drehen. Anfangs holte ich ihn ab, mit der Zeit war es umgekehrt. Seine spöttische Laune verschwand allmählich, und er kehrte eine freundlich forschende Seite von sich hervor. Er wurde nahezu jungenhaft übermütig, ausgelassen und glücklich! Wir schlichen wie die Indianer durchs Unterholz und stiegen manchmal überaus verwegen durch offen stehende Fenster, um zu stibitzen, was das Zeug hielt. Nachmittags lagen wir faul im Schatten und genossen das hochsommerliche Wetter. Wir unterhielten uns oft, und es war auf einmal unterhaltsam mit ihm. Er schien das genauso zu sehen. Ich gewöhnte mich an seine kleinen, lächerlichen Muskelspielereien, er sich an meine spröde Art. Wir mochten es sogar, schweigend nebeneinander zu liegen. Ich liebte ihn. Eines Tages seufzte er.

»Meine kleine Sommerliebe, bald kommt der Winter«.

»Mhm«.

»Was wird dann aus meiner kleinen Sommerliebe«?

»Sie geht«.

Ich erhob mich. Es wurde Zeit. Ich sah mich nicht mehr um. Er sah mich nie wieder. Ich hatte sein Herz gebrochen. Null zu Null.

Elena

Bei geöffneter Glastür liege ich auf dem vertrauten Parkett und schaue wie immer zu den Sternen hoch, denen ich in dieser letzten Nacht noch einmal nahe sein will. Auf dem harten Boden spüre ich meine seit Wochen täglich spitzer herausstechenden Knochen, aber um der Sicht willen harre ich aus, ohne mich zu Bett zu begeben, dessen Weichheit mir zwar die Schmerzen mildern, aber auch das Bewusstsein trüben würde. Nein, jede mir noch verbleibende Minute will ich wach bleiben und mich erinnern an die Weile des Glücks mit Elena.

Sie hatte mich groß gezogen, als ich mich alleine in der Welt befand, und aus der allerersten Zeit meines Lebens habe ich keine Bilder mehr vor Augen. Nur Elena ist noch da. Obwohl ich sie seit vielen Jahren nicht mehr gesehen habe. In Elenas Obhut lernte ich allmählich alle Freuden und Gefahren des Daseins kennen. Da war Otto, der alte Kohleofen, der uns im Winter eine behagliche Wärme schenkte, aber dessen Oberfläche eine Hitze abgab, die manch Unerfahrenem – mich eingeschlossen – lehrreiche Schmerzen bescheren

konnte. Ein hohes, wunderbares Bücherregal, das –
lehnte man sich jedoch achtlos dagegen – bedenklich
zu schwanken begann, und das tatsächlich einmal um-
kippte und mich beinahe unter sich begraben hätte.
Schützende Türen und Fenster, die aber – waren sie
geöffnet und ungesichert – bei Sturm heftig in ihre
Rahmen zufegen und jeden übel quetschen konnten,
der sich in dem Moment genau dazwischen befand.
Geduldig erklärte mir Elena, wie ich den zahlreichen
Tücken unserer Behausung ausweichen und gleichzei-
tig ihre Vorzüge genießen konnte.

Als ich alt genug war, um die Treppen vom dritten
Stock bis zum Erdgeschoß selbst bewältigen zu können,
begleitete ich Elena jeden Morgen nach unten und verbrachte meine Tage in dem hoch ummauerten Hof mit
der alten Kastanie, bis sie mich wieder zu sich rief. Und
als ich alt genug war, um die Mauern des Hofes zu er-
klimmen, erkundete ich meine Nachbarhöfe, die – schon
lange vernachlässigt – mit alten Schuppen und Garagen
zugebaut, jedoch frei von dem außerhalb der Höfe heftig brausenden Verkehr waren, und die von den Be-
wohnern des umliegenden Häuserkarrees wegen ihrer
schmuddeligen Unansehnlichkeit gemieden wurden.
Nicht von Elena. Spätnachmittags bei Sonne begab sie
sich unter den schütteren Baum des Hofes auf eine zer-
schlissene Klappliege und las – selbst im Winter – ein-
gehüllt in eine großartige Wolldecke. Wurde es zu kalt,

setzten wir die Lesestunde auf dem alten Sofa in unserer bescheidenen Studentenwohnung fort. Sie las und ich lag neben ihr mit der lichten Zufriedenheit derjenigen, die sich geliebt wissen.

Eines Tages brachte Elena einen Gast mit, der uns dann häufiger zu besuchen pflegte, Elena zum Essen und ins Kino ausführte, Geschenke mitbrachte und ihr schließlich einen Heiratsantrag machte. Er sprach mit leiser, etwas zu hoher Stimme, trug die typisch randlose Brille der Intellektuellen, teilte mit Elena die Leidenschaft für Bücher und Literatur und hatte artige, sehr gepflegte, kleine Hände, in die sich Elena hoffnungslos verliebte. Sie bereitete ihm sein Lieblingsessen zu – Bratkartoffeln mit Speck und Zwiebeln – das er sich anderswo geschämt hätte zu verlangen, und er fühlte sich neben ihrer unaufgeregten Art wohl.

Sie beschlossen, ein Haus zu kaufen, außerhalb der Stadt, weit weg von der Hässlichkeit alter Hinterhöfe und dem Lärm darum herum. Elena bestand darauf mich mitzunehmen, ihr Mann hingegen wollte mich nicht mehr länger dulden, und so kam es, dass ich in den Keller des neuen Hauses einzog, der zwar extra für mich einen Ausgang zum Garten erhielt, ansonsten aber vom Rest durch eine stets geschlossene Tür getrennt blieb. Mein Keller wurde spärlich möbliert, im Grunde bestand er nur aus nacktem Beton und einem notdürftigen Schlafplatz. Dort lag ich und zitterte.

War ihr Mann außer Haus, holte mich Elena heimlich zu sich in die Wohnung, und für eine kurze Zeit fühlten wir uns an das Leben erinnert, das wir einmal geführt hatten. Es brach ihr das Herz, mich wieder in den Keller schicken zu müssen, sobald sie den Wagen auf dem Kiesweg knirschen hörte.

Elena versuchte, sich in ihrer Ehe gut einzurichten, aber von Anfang an schwang ein Ungleichgewicht mit, das sich nur allmählich bemerkbar machte. Sie brachte – so weit außerhalb der Stadt und ihrer gewohnten Umgebung, fern von aufmunternden Freunden und altbekannten Nachbarn – nichts mehr zustande, begrub ihre Hoffnungen und gab sich ganz der Pflege des Haushaltes und ihres Mannes hin, las ihm jeden Wunsch von den Lippen ab und fügte sich seinen Entscheidungen. Er hatte sich – eigentlich kränkelnd und empfindlich wie er war – schon lange genau nach dieser ungeteilten Aufmerksamkeit gesehnt, aber nicht bedacht, wie ihn die Ergebenheit Elenas langweilen und ihm ein wachsendes Ungenügen eintragen würde, das ihn sich anderen Frauen zuwenden ließ. Nächtelang blieb er nun aus. Was ihn anzog, das waren die spritzigen, wortgewandten, selbstbewussten, gut aussehenden, modischen Frechen mit betörend erotischer Ausstrahlung. Frauen, die ihn mit kokett gespielten Hilflosigkeiten um den kleinen Finger wickelten. Nichts davon war Elena. Sie blieb die schmale, schüchterne und entschlossene Person, die sie schon immer gewesen war, und zu der sie sich in ihrer Ehe bis zum Verstummen entwickeln hatte. Im Grunde hatte er Elena lediglich eine Zeit lang benötigt – und dann nicht mehr. Und als ihm das eines Tages klar wurde und er die Scheidung erwog, fügte sich Elena wortlos auch diesem Ansinnen, wie sie sich in alles ergab, was er von ihr verlangte. Gemeinsam suchten sie für ihn eine Wohnung, damit er rascher von ihr loskam, und Elena kümmert sich um alles, was die Auflösung des ehelichen Haushaltes betraf, magerte von Woche zu Woche weiter ab und beschloss schließlich, ihr Leben wieder in die Hand zu nehmen, indem sie es zu einem geregelten Ende brachte. Das gab ihr die Kraft, auch noch die letzten Dinge zuverlässig wie gewohnt zu erledigen. Doch bevor sie endlich abschließen und davon gehen konnte, suchte sie für mich ein neues Zuhause.

Da saßen wir nun seit über einer Stunde im geparkten Auto, ein paar hundert Meter von der Adresse entfernt, zu der ich gebracht werden sollte. Sie war zu früh dran, schaute immer wieder auf die Uhr – verzweifelt über die rasch vergehende Zeit – und sprach unaufhörlich auf mich ein. Ich spürte, dass etwas Ungeheuerliches vor sich ging und sah sie voller Unruhe an. Ihre Verstörung ließ uns beide gleichermaßen heulen. Sie wiegte mich im Arm, ich schaute über das Lenkrad hinweg in den steten Regen, der schon seit dem Morgen unaufhörlich fiel. Nie wieder sollten wir gemeinsam die Sonne sehen.

Die Freundlichkeit der Leute, die mich aufnahmen, konnte nicht darüber hinweg täuschen, dass ich Elena immerzu vermisste. Wir waren beide alleine zurück geblieben, und jeden einzelnen Tag meines restlichen Lebens bin ich mir dieses Verlustes bewusst gewesen, viele Jahre lang, bis zum heutigen Abend. Ich weiß nicht, was aus ihr geworden ist. Ihn jedoch hatte ich noch einmal gesehen – in einem Fernsehinterview. Ich erkannte sogleich die etwas zu hohe, fast jugendliche Stimme wieder, die nahezu ohne jede Betonung und seltsam unbeteiligt Antworten auf die gestellten Fragen gab. Er hatte eine bemerkenswerte Biografie geschrieben, äußerst einfühlsam, wie es hieß, über einen großen Schriftsteller, der gewusst hatte, wie ein Verurteilter sich selbst hinzurichten versteht.

Rabeas Geschichte

Der Herbst war so kalt und verregnet, dass alle zusammengedrängt in den wenigen trockenen Winkeln des Hofes herumsaßen und sich langweilten. Mit der erzwungenen Untätigkeit wuchs die Streitlust, und einige Heißsporne prügelten sich bereits erbittert. Wir benötigten also wieder einmal das bewährte Beschäftigungsprogramm für unfreiwillige Stubenhocker: Geschichten erzählen! Geschmeichelt ließen sich die Alten dieses Mal etwas länger als sonst bitten von früher zu berichten, aber dann legten sie los. In den folgenden Tagen hörten wir mehrfach viele komische Geschichten, Kriegsgeschichten, Liebesgeschichten, tragische Geschichten, Geschichten aus uralten Zeiten – an Geschichten herrschte kein Mangel. Eines Abends aber hörten wir eine, die zuvor noch niemand vernommen hatte.

»Wie ihr wisst«, begann Rabea mit ihrer leisen, zittrigen Stimme, »war es früher auf dem Hof anders als heute. Früher gab es mehr Menschen, mehr Tiere, mehr Arbeit für alle und weniger Maschinen, weniger zu beißen und auch weniger zu lachen für uns. Unsere Arbeit bestand darin, die Ställe und Wohngebäude von Ungeziefer frei zu halten. Dafür waren wir da. Und wir hatten damit unser Auskommen. Der Bauer war hart. Er duldete keinen Müßiggang. Er schätzte nur die kräftigen, arbeitsfähigen Erwachsenen, für Kinder hatte er nichts übrig. Als es noch Saisonarbeiter gab, hatte er immer nur die einzeln Herumziehenden beschäftigen wollen, nie ganze Familien. Selbst die dauerhaft ansässigen Mägde und Knechte hatten keine Kinder. Alle, die hier lebten, sahen Kinder nur von weitem. Wir kannten keine Kinder. Manche wussten gar nicht, wie Kinder überhaupt aussehen. Ausgewachsene Arbeitskräfte gab es jede Menge. Brauchte der Bauer einen Ersatz, kam er mit jemandem vom Markt zurück, der garantiert kinderlos war. Wer ein Kind erwartete, flog raus. Das galt für alle gleichermaßen, die Schweine natürlich ausgenommen, deren Ferkel wurden ja verkauft.

Und doch kam es hin und wieder vor, dass nach einer lang verheimlichten Schwangerschaft auf dem Hof ein Kind geboren wurde. Das war riskant, sowohl für die Mütter als auch für ihre Neugeborenen. Fest steht, sie waren immer rasch – meist über Nacht – vom Hof verschwunden gewesen. Wie – das wusste keiner. Der Bauer ließ sich auf keine Diskussionen ein, nicht einmal die Bitten seiner eigenen Angehörigen konnten ihn bewegen, eine Ausnahme zu machen.

Es gab einmal eine junge hübsche Zugewanderte, die

kam nicht vom Markt. Sie stand eines Morgens vor dem Hoftor, erhielt ein Dach über dem Kopf und versah eine Weile lang ihren Dienst, bis sie plötzlich fehlte. Niemand wusste, wo sie steckte. Sie war guter Hoffnung gewesen. Dem Bauer war gar nichts aufgefallen, bei einem zarten Persönchen fällt es nie auf. Aber sie wusste ganz genau, dass er kein Erbarmen kannte. Kurz vor der Niederkunft zog sie in einen alten, fast verfallenen Heuschober, weit entfernt von hier, aber dem Hofgrund noch zugehörig. Dort hatte sie heimlich schon länger ihr Wochenbett vorbereitet. ›Es ist soweit‹, dachte sie, ›ich muss rechtzeitig im Versteck sein. Was für ein Glück, dass der Sommer gerade erst beginnt. Wenn es draußen warm bleibt, geht alles einfach.‹ Sie legte sich ins Heu und um Mitternacht gebar sie Zwillinge, einen Jungen und ein Mädchen. Sie wusste, was zu tun war. Als die Sonne aufging, schliefen die winzigen Kleinen eng an ihren Leib geschmiegt. Sie schaute auf den frischen Tau der Wiesen und schwor in der Frühe jenes Tages: ›Euer Leben verteidige ich mit Zähnen, Krallen und allem, was ich habe. Niemand wird euch auch nur das Geringste antun, solange ich lebe.‹ Die kleine Familie verbrachte die ersten Tage in wohliger Geborgenheit. Kein Mensch störte sie, aber es kam auch keiner zu Hilfe. Sie blieben alleine und auf sich gestellt. Die Zwillinge gediehen. Sie reckten sich, sie wimmerten oder verhielten sich still, sobald ihre Mutter nachts loszog, um Nahrung zu beschaffen. So verging der Sommer. Ich kann nicht sagen, wie viele Tage es waren, aber sicherlich genug, um die Kleinen gesund und munter werden zu lassen. Sie waren so zart, ihre winzigen Fußzehen leuchteten rosarot, die Gesichtchen schauten bereits mit keckem Blick in die Welt, die Ohrmuscheln waren dünn wie Papier, so dass die Sonne hindurch schien. Das Mädchen etwas heller, der Junge dunkler, beide entzückender als alles, was ich je gesehen habe. Und die Süße des Gefühls beim unverwechselbaren Geruch ihrer Unschuld … Es gibt keine Worte für das Glück beim Anblick der Kindchen. Und es gibt keine für das Zerreißen des Herzens, als die Mutter eines Tages den Heuschober leer vorfand. Den Schrei im Morgengrauen vernahm man sogar noch auf dem weit entfernt liegenden Hof. Dort schreckten sie hoch, dachten an einen wilden Räuber irgendwo da draußen und drehten sich schon wieder träumend auf die andere Seite. Es gab keine Spuren, keine Hinweise, nichts, nirgends! Die Kleinen blieben verschwunden, als wären sie nie geboren worden. Als alles abgesucht war, immer und immer wieder, als überhaupt keine Hoffnung mehr bestand, die Kleinen je einmal aufzuspüren – tot oder lebendig –, als es Herbst, Winter und erneut Frühling wurde, als die Erinnerung schon blass zu werden begann, und keiner mehr auf dem Hof wusste, was eigentlich wirklich geschehen war, da ging sie noch immer täglich hinüber zum alten Heuschober, suchte, ohne zu wissen was, und das sucht sie bis heute.«

Rabea schwieg, niemand sprach. Einige schauten sie lange an, andere neigten tief den Kopf, und nach und nach begaben sich alle zum Schlafen. Rabea wartete, bis der schwere Landregen nachgelassen hatte, dann hinkte sie hinaus. Seit jener Nacht haben wir sie nicht mehr gesehen.